魔導書学園の禁書少女

少年、共に禁忌を紡ごうか

綾里けいし

角川スニーカー文庫

23132

口絵・本文イラスト：みきさい
口絵・本文デザイン：AFTERGLOW

CONTENTS

プロローグ

「君は、人間だよ」

ユグロ・レンの目をまっすぐに見つめて、少女は言った。

彼女の造作は、まるで精巧な人形のようだ。髪は銀色で、目は紅《あか》く、肌は白い。だが、少女の纏《まと》う衣装に関しては、人形のように大人しいとはとても言い難かった。

ドレープをふんだんに使った白のドレスは、胸元まで肌が剝《む》き出しになっている。また、滑らかな腹や長い脚の付け根が際どく覗《のぞ》いてもいた。美しいが、どこか凄惨に破かれたような印象を抱かせる――そんなドレスを身に纏い、彼女は立っている。

その様はただ美しい。

たとえ、己と他者の血に塗《まみ》れていても。

汚れた姿で、彼女は凛《りん》と続けた。

「君は自分の弱さを知っている。それでいて、人のために怪物にすら立ち向かう意志を持つ。人でなしの私のために、君はなんの利もなく動いてくれた。君は強くて、脆《もろ》くて、危うく、美しい。君は美しいよ、少年。君の持つその輝きは、人間の証明に他ならない」

少女は手を前へと差し伸べた。白い指がレンの頬《ほお》についた血を拭う。彼の顔に、少女は己の顔を寄せた。細められた紅い目が、レンのことを映す。そして、少女は優しく囁《ささや》いた。

「私にはいつか、君と出会わないほうがよかったと思う日が来るのかもしれないね」

何故《なぜ》、とレンは尋ねたかった。何故、そう思うのかと。だが、レンの口にそっと触れて、少女は彼の言葉を封じた。まるで口づけをするかのようにレンの唇を撫《な》でて、彼女は囁く。

「そんな日が来ないことを私は願っているよ」

そう、少女はまるで祈る代わりのように微笑《ほほえ》んだ。

第一章　二人の出会い、全ての始まり

パラリと、書架の間に乾いた音が響く。

椅子に座り、黒色の髪の少年が本を読んでいた。彼の周りは埃《ほこり》とインクの匂い、窓から降り注ぐ、日の光の暖かさで満たされている。無数に並ぶ本達の間で、少年は黙々と古いページをめくっていた。だが、不意に彼は手を止める。そこにはある一文が書かれていた。

『お前は虚《うつ》ろな怪物、空っぽの人形だ！』

――パタリ。

その台詞《せりふ》を最後に、少年は本を閉じた。頭を横へ振り、彼は細く息を吐く。

ゆっくりと、少年は唇を動かした。どこか自虐的な響きをこめて、彼は囁く。

「空っぽの人形、ね」

疲れた顔で、少年は自分の目の間を揉《も》んだ。小さく、彼はため息を吐《つ》く。

その時だ。後ろから、少年は勢いよく抱き着かれた。

「ユグロ・レン氏、捕獲ーっ！」

「はいはい、ベネ。いい加減にしような」

振り向きもせずに、少年――レンと呼ばれた――はそう応えた。先ほどまで滲《にじ》ませていた空虚さが嘘《うそ》のように、彼はすばやく動く。閉じた本で、レンは蜂蜜色の頭を軽く叩《たた》いた。

ベネという少女は頰を膨らませる。細く健康的な肢体を持つ彼女の頭からは、何故か獣の耳が生えていた。背後からレンに抱き着いたまま、ベネは訴える。

「断固拒否する。いい加減、になんてしないぞー。レンはこうでもしないと読書中は気づかないのだから仕方ないのだ。理は我にあり」

「今回は読み終わってたって」

軽く、レンは本を掲げた。

ベネは首を傾《かし》げた。髪と同色の目を、彼女はパチパチと瞬《まばた》かせる。

「あれ、それって読み始めたの少し前じゃなかった？　さすがに早くない？」

「読むのをやめた。諸事情でな」

「ほへー、珍しいこともあるもんだ。明日は槍《やり》が降るね」

「ベネ」

そこで、レンは窓に視線を向けた。木枠で囲まれたガラスは分厚く、微《かす》かにだが波打っている。それを、彼はトントンと叩いた。少し愉快そうに、レンは続ける。

「もう降ってる」

青空から、百の槍が降り注ぐ。

誰かが、魔術戦を行っていた。

＊＊＊

「早く、早く、行こう！」

「別に窓から見ればよかったのに」

「間近だと迫力が違うんだなぁ！　急ぐよ！」

部屋を飛び出し、レンとベネは走っていた。彼らは書架の間に設けられた、木製の螺旋《らせん》階段を駆け下りる。滑り降り防止に、金の手すりの上には何百体もの鴉《からす》の立像が等間隔に並べられていた。走る二人の周りには、巨大な本棚がそびえている。ここだけではない。

ほぼ全ての部屋、全ての壁に本棚は設けられていた。

また、螺旋階段の隣には黒に金字のプレートで、ある格言が掲げられている。

『人は誰しも物語を持っている』

ここは『無限図書館』の異名を持つ、魔術学園だ。ただ、魔術師の学生を所属させているだけではなく、あらゆる魔術師の管理を行い、独立的権力さえ誇る施設である。その名に違《たが》わず、学園は至るところに本棚を有し、中に無数の本を収めていた。だが、『無限図書館』がそう名づけられたのには、別の理由があった。

（確か、ここに放り込まれる前に、師匠に教えられたんだったな……『無限図書館』が、『無限図書館』である理由……それは……）

本の海に思考を引きずられ、レンは考えかける。同時に、二人は正門広場に駆け込んでいた。青空の下に、市松模様の煉瓦《れんが》床が美しく広がっている。

顔の前に手で庇《ひさし》を作り、ベネが高い声をあげた。

「あそこ！　わー、次の決闘が始まるとこか！　連戦とはいやお盛んだねー。いてっ」

「そういう言い方を若い娘さんがしない」

「これでダメって、厳しすぎない？」

頭を叩かれ、ベネは唇を尖《とが》らせる。厳しくないと、レンは応えた。

その間にも、新たな一戦は始まりつつあった。

観衆の間にレンとベネは身を滑り込ませる。なるべく、体を触れさせないようにするが、顔を見られると露骨に嫌な表情を返された。それは割り込みのせいではない。周りの反応は、二人の境遇に関係している。実力至上主義な学園の中で、レンとベネの地位は低い。それは、二人が落ちこぼれクラスに所属しているためだった。

魔術師達にとっては、魔術が全てだ。それはどのような価値観よりも優先される。魔術師は単なる人を超える存在と見なされ、相応の力を振るうことも求められた。

故に、力のない者は蔑視の対象だ。

だが、周囲の反応を気にすることなく、レンとベネは観衆の最前線に出た。

一人の男子生徒が、女子生徒と向き合っている。黒髪の男子生徒の方は知らない顔だ。だが、女子生徒の方は、決して交流が広くないレンにすら、見覚えがある人間だった。

金髪の彼女を指差して、ベネが囁く。

「ねぇ、ねぇ、レン。あの子さ、アマリリサ・フィークランドじゃない？」

「そうみたいだな」

淡々と、レンは頷《うなず》いた。

それに応えるように、周囲の生徒が力を込めて叫んだ。

「流石《さすが》アマリリサ！　最強じゃねぇか！」

「入学試験で一位を取っただけあるなぁ」

「歴代最高得点だったんでしょ？　やっぱり『図書館』持ちは違うわね」

賛辞の嵐だ。その中でも、金髪の女子生徒は怜悧《れいり》な表情を欠片《かけら》も変えることはない。

アマリリサ・フィークランド。

それは今年の新入生の中で一番の有名人だ。

ふたつ結びの長く美しい金髪に、翠《みどり》の目を持つ美貌の娘。魔術の力に秀でた才女――そして、『図書館』持ちの名家の出身でもある。

「開示！」

アマリリサが声をあげた。瞬間、彼女の周りには複数の本棚が展開した。そのひとつひとつには、どれも数百を超える本が詰められている。対する男子生徒も同様に叫んだ。

「開示！」

彼の周りにも本棚がひとつ展開した。そこには十数冊の本しか入れられていない。

ベネが呆《あき》れた声をあげた。

「あー、この段階で勝負ついてるじゃん。所有本の数が桁違いすぎるよ。駄目、駄目」

「そうでもないぞ。書かれた物語の質にもよる」

「相当いいやつじゃないと、この差は覆せませんなー」

しみじみと、ベネは言った。まあ、そうだなと、レンは頷く。

だが、膝を抱えながら、ベネは続けた。

「それこそ、禁書でも持ってれば簡単に覆せるだろうけどね？」

「お前な、それは持ち主が処刑されるやつだろう？」

「にひひひ、そーだ」

首をすくめて、ベネは笑う。彼女なりの冗談だったらしい。だが、冗談として扱うには『禁書』の存在はやや物騒すぎた。それはあらゆる呪い、全ての災厄を集めた物語だという。どこにあるかも、本当に存在しているかもわからない、禁忌の存在だ。一般の学生が持っているはずもない。つまり、男子学生が劣勢を覆せる手段としては使えないということだ。醒《さ》めた目で、レンは戦う二人の本を見比べる。


――人は誰もが物語を持つ。


魔術師にとって、それは例え話ではない。

魔術師達は、己の精神世界に本と本棚を持つのだ。更に、望めばそれを現実世界に具現化させることができる。そして、具現化した本をどうするのかというと――。

「っ……これだ！」

自分の本棚から、男子生徒は一冊の本を引き抜いた。

ページをめくり、彼は書かれた物語の一節を詠唱する。

「『男は湖を覗《のぞ》いた。月光に照らされた水面は銀に輝いている。彼はそこに確かに見たのだ。己のあるべき場所に映る怪物の姿を』」

「……水と変身属性ね」

アマリリサが呟《つぶや》いた。男子生徒の周りに水球が浮かび始める。空気中の水分が、彼の周りに集まっているのだ。同時に、男子生徒の姿は変形を始めた。皮膚が細かく裂け、肉が蠢《うごめ》き、鱗《うろこ》が張っていく。やがて一匹の怪物が完成した。蛇に似た異形は尾を煉瓦の上に打ちつける。彼は水球を吸い込み、鋭く吐き出した。針に似た水の槍が、アマリリサに飛ぶ。

「おいで」

瞬間、アマリリサは本棚から一冊の本を浮かび上がらせた。

流れるように、彼女はページを開く。アマリリサも書かれた物語の一節を詠唱した。

「『全ての害なすものは去れ』」

「……拒絶属性か。防御魔法としては最高だな」

レンは呟く。アマリリサに当たる寸前、男子生徒の放った槍は霧散して消えた。ただの水滴に戻り、それは石畳を叩く。圧倒的な防御力に、怪物と化した男子生徒はたじろいだ。

だが、対応の隙を与えることなく、アマリリサは詠唱を続けた。

「『彼女は女王。全ての王。数多《あまた》の上に法を敷くもの。反逆者には鎖を。愚者には罰を。捕らえられし者に、拘束と女王に従う栄光を――』」

「終わりだね！」

ベネが言った。空中から鎖が奔《はし》る。怪物と化した男子生徒の上に重い鉄の輪が幾重にも乗った。見る間に、彼は全身を縛りあげられる。怪物の姿のまま、男子生徒は床に跪《ひざまず》いた。

アマリリサは鼻を鳴らす。

見事な勝利だ。群衆から歓声と拍手があがる。

うんと、レンは頷いた。

当然の結果だ。

今の戦いのように、魔術師達は己の所有する物語の一節を、詠唱呪文として使用することができる。物語の内容によって、発動する属性や効果は変化した。

故に、本の冊数が多い者ほど有利だ。

本は当人が望み、しかるべき儀式を行えば、血縁に譲渡ができる。そのため、一族で代々受け継いできた蔵書群を百冊以上持つ名家の出は、『図書館持ち』と呼ばれていた。

学園が『無限図書館』という異名を持つのは、『図書館持ち』の生徒を無数に所属させているからだ。ちなみに、レンとベネのような落ちこぼれは『図書館』を持ってはいない。本は持っていて、一冊から三冊程度だ。

『図書館持ち』に、それ以外の生徒が挑むのは無謀だ。

今回の決闘は最初から結果が見えていた。だが、怪物と化した生徒は何を考えているのか、未《いま》だ納得ができないように歯噛《はが》みしている。

屈《かが》み込むと、アマリリサは彼に声をかけた。

「少し経《た》てば、その鎖は解けるわ。忠告しておくけど、水と変身属性は同時に使うには相性が悪い。せっかくの身体能力の強化を殺してどうするの。次に挑む時は学んできなさい」

そう言い、アマリリサは己の本棚を消して踵《きびす》を返した。彼女は美しい金髪を肩から払う。

「いやー、圧勝だったね！　いいもん見れたよそろそろ行こうか……ってあれ、レン？」

ベネが話し終える前に、レンは動いていた。

アマリリサは入学試験で、最高得点を弾《はじ》き出した逸材だ。正道の決闘には慣れつつあるだろう。だが、そこから外れた実戦慣れはしていない。

「――――ッ！」

「キャッ！」

レンはアマリリサを突き飛ばした。続けて、彼は身をよじる。

側《そば》を、水の槍《やり》が掠《かす》めて飛んでいった。まだ変身を解除していない、男子学生が放ったものだ。負けを認めることなく、彼は醜く顔を歪《ゆが》めている。

瞬間、アマリリサは本棚をひとつだけ開示した。目にもとまらぬ速さで、彼女はページを開く。声高く、アマリリサは叫んだ。

「『彼に与えられし罰は、涸《か》れた井戸の中で生涯を悔いることだった――』」

男子学生の下に穴が開いた。ひゅーっと、彼は底に落ちる。多少は怪我《けが》をしたかもしれない。だが、治療属性の魔術で回復可能な範囲だろう。そう判断し、レンは脅威が去ったことに胸を撫《な》で下ろした。周りがざわついている中、やったやったと、ベネは拍手をする。

一方、アマリリサはレンの前に立った。さらりと、金髪を揺らし、彼女は深く礼をする。まっすぐに、アマリリサはレンに告げた。

「助けてくれてありがとう。お礼を言います」

その声は硬い。また、表情は感謝を告げているものではなかった。

「いや、別に……」

戸惑いながらも、レンは応える。

「それと」

彼女は顔をあげた。レンは息を呑《の》む。アマリリサの翠の目の中には、怒りの炎が燃えていた。まるで、手負いの獣のようだと、レンは思った。彼に向けて、アマリリサは告げる。

「あなたに決闘を申し込みます」

＊＊＊

「なんでさ！　レンは貴女《あなた》を助けただけだよ！」

「ええ、私は助けられました。だからこそ、許せないのです」

耳の毛を逆立てて、ベネは訴える。それにアマリリサは有無を言わせない口調で応えた。それが癖なのか、彼女は肩にかかった金髪を払う。硬い声で、アマリリサは続けた。

「戦闘後に気を抜いたのは私の緩み。あの攻撃は、私が受けるべきでした。受けたうえで、傷ついた体でも勝つべきだったのです。それを不可能にされたこと──屈辱です。ええ、屈辱ですとも。フィークランドの娘は、負けることを許されないのです」

「屈辱って、二回も言った……」

「なんなら三回目も言いましょうか？　とにかく、この汚名はそそがねばなりません。私は、そうしなければならないのです」

ぐっと、アマリリサは拳を握り締めた。ん？　と、レンは首を傾《かし》げる。どうやら彼女には、ただのワガママなどではない、絶対に負けられない理由があるようだ。ならばとレンは思う。しょせん、『空虚な人形』にすぎない自分は強固な信念の前には折れるべきかと。

どこか悲痛な声で、アマリリサは続けた。

「あの一撃を避けた以上あなたはある程度戦闘慣れしていると見ました。彼との正確な勝敗はもうつけられない以上、あなたに代わりに戦っていただきます！　さあ私と決闘を！」

己の胸に、アマリリサは手を押し当てた。まいったなと、レンは思う。

確かに戦闘慣れはしている。師匠の下で、多少の実戦経験は積んでいた。だが、それに気づいて欲しくはなかった。一方で、周りは予想通りの反応を返してくれた。

「戦闘慣れ……って、アレ、ユグロ・レンだろ？」

「入学試験で最下位、歴代最低得点を叩《たた》き出したんだっけ？」

「結局、家のコネで入学したって話だろ？」

「おいおい、そんな奴《やつ》、死ぬんじゃねぇの？」

嘲笑と侮りの言葉が渦巻く。その中にはどろどろとした、黒いモノが込められていた。

ひとつ、レンは頷《うなず》く。事実を指摘されたところで、別に負の感情に傷つくことはない。

歴代最低得点を弾き出したことも、家のコネで入学したことも間違ってはいなかった。

正確には、師匠に学園へと強引に放り込まれたわけだが。

先ほど、折れるべきかと思ったこともある。レンは両手をあげて降参した。

「ほら、周りもこう言ってる。俺が君と戦えば下手をすれば死ぬよ……負けたことにしてくれて構わない。よければ、それで終わらせてもらえないかな？」

「そういうわけにはまいりません。死なないように手加減もします！　フィークランドの娘は、一敗たりとも許されはしない。さあ、華麗に、優雅に、魔術戦とまいりましょう！」

両手を広げ、アマリリサは切実な調子で訴えた。彼女は翠《みどり》の目の中の闘志を薄めない。

駄目だ、これは。レンはそう判断した。心の中で、彼は師匠に相談をする。

（師匠、こういう時はどうしたらいいですかね？）

ぐっと、師匠は親指を立て、喉元を掻《か》き切る仕草をした。簡単だ。答えはわかっている。

この学園は、彼女に放りこまれた場所だ。今後いづらくなるような状態にするわけにはいかない。それに人の信念を無理に曲げるのは苦手だ。自分が何も持っていないのだから。

内心、彼はため息を吐《つ》いた。諦めたと、レンは彼女に告げる。

「……わかった。ただし、人目のないところでの戦いにしてもらえないか？　衆目の前で手も足も出ずボコボコにされるのはさすがに堪《こた》える」

「ボコボコにするつもりもありませんが……了解しました。では、それで」

周囲からブーイングがあがる。家のコネで入学した、歴代最低得点の弱者が無様に負けるさまを、皆が見たいのだ。だが、アマリリサはそれを無視した。金髪を翻し、彼女は歩き出す。レンはその後を追った。群衆はついてこようとする。彼らに向かって、アマリリサは氷の矢を放った。彼女の本気を感じて、生徒達は慌てて散っていく。

誰もいなくなったのを見て、アマリリサは満足げに頷いた。

「これで戦いに集中できますね。では、まいりましょう」

「ああ、わかった」

ベネも含めた三人は、建物の中に戻る。

螺旋《らせん》階段を上り、三人は何度か角を曲がった。

やがて、アマリリサはある部屋の前で足を止めた。巨大な校舎内に、無数にある空き部屋のひとつだ。中には他の部屋と同様に、本棚と読書用の椅子、書き物机だけが並べられている。その内のひとつに触れて、アマリリサは囁《ささや》いた。

「私がよく本を読んでいるところです」

「奇遇だな。俺も別の部屋でだが本はよく読んでる」

「こんだけ本がある環境で、読書を趣味にするのは一番建設的だしねー。私は違うけども」

「っていうか、ベネ。お前もついてきたら駄目だぞ」

「えええええええええ」

仰《の》け反《ぞ》りながら、ベネは叫んだ。何言っているんだコイツと、レンは冷たい目を向ける。

ベネは獣耳をペシャンコに倒した。子供のように、彼女は地団駄を踏む。

「心配してついてきたのに、この非道！」

「なんとでも言え」

「冷酷、馬鹿、悪魔、人の心がない！」

「最後のはちょっと傷ついた」

「あっ、ごめん。ごめんだよ」

素直に言うとベネは飛びのいた。とぼとぼと、彼女は空き部屋を出ていく。だが、入り口から、ベネはひょこっと顔を覗《のぞ》かせた。蜂蜜色の髪を揺らしながら、彼女は言い添える。

「危なくなったら、すぐに私を呼ぶんだよー」

「大丈夫だから、行けってー」

ひらひらと手を振って、ベネはいなくなった。きっと、近くをうろついていることだろう。彼女が去ったのを確かめると、アマリリサは本棚をひとつ出した。物語を詠唱し、彼女は扉を不可視の壁で塞ぐ。準備を終えると、アマリリサはレンに向き直った。

「強力な技は使いません。故に屋内でも構わないものと判断しました。ですが、油断はしません。敗北は、フィークランドの汚名。勝利は必ずこの手に――まいります」

「……さて、どうしたもんかな」

レンは呟《つぶや》いた。負けることならば、いくらでもできる。地に這《は》いつくばることにも抵抗はなかった。だが、相手は才女のアマリリサだ。手を抜いたのが少しでもバレれば、後々まで深刻な尾を引くことが予想できた。そして、彼女の目を欺けるとは思えない。

アマリリサは全力で戦うことこそ、礼節だと謳《うた》うだろう。

ならば、全力でいこう。

そう、レンは心に決めた。

「開示！」

アマリリサは本棚を展開した。そこには、やはり数百の本が詰まっている。

一方、レンは――。

「開示」

レンの本棚に、本は一冊しかなかった。

その表紙はボロボロだ。しかも、細かな修繕が施されている。まるで、一度徹底的に破壊され、後ほど修復されたかのような、奇妙な本だった。

それを見て、レンは何かを厭《いと》うかのように目を細めた。慎重に、彼は本を手に取る。

そして、レンは白紙のページを開いた。

同時に、アマリリサの物語詠唱が始まった。

「『彼女は望んだ。災いあれ、禍《わざわ》いあれ、呪いあれ。自分を苦しめた彼《か》の人が、その行いに胸を掻きむしるように』」

呪い属性の物語だ。本気で、アマリリサは大規模な破壊などは行うつもりがないらしい。

彼女が使用したのは、相手に熱病を引き起こし、行動不能にする魔術だった。対抗するには、拒絶属性か、治療属性の本を持っている必要がある。本来ならば、レンはひとたまりもない。だが、彼は慌てはしなかった。

己の本に、レンは視線を落とす。

白紙だったはずのページには、歪《ゆが》んだ文字が浮かんでいた。

まるで、見えない手が今そこに走り書きをしたかのようだ。レンはそれを読み上げる。

「『彼女は望まれた。災いを、禍いを、呪いを。自分を苦しめた彼の人に罰はくだらず、己の胸を掻きむしることとならん』」

「えっ、待って。その、物語、は……」

瞬間、アマリリサは崩れ落ちた。レンに向けていた物語の属性、呪いが発動したのだ。

レンは本を閉じた。勝負はついている。

アマリリサの反応は遅く、拒絶は間に合わなかった。それに呪いは増幅のうえで返している。治療属性の物語でも、解呪には時間がかかるだろう。もう、アマリリサは動けない。

己の本棚を消して、レンは言った。

「……さてと、これで終わりだな。俺の負けだ」

「あなた、は……私は、負けたと言うのですか。って……ええっ？」

アマリリサは目を丸くする。彼女の側《そば》に膝を突いて、レンは告げた。

「いいや、君は負けてない」

目を瞬《まばた》かせ、アマリリサは不思議そうな顔をする。

彼女に向けて、レンは告げた。

「ここでの戦いを知っているのは俺達だけだ。そして、俺は負けたと言っている。フィークランドの汚名は広まることはない……君には何か、絶対に負けられない理由もあったみたいだ。俺には敗北できない理由なんてひとつもない。だから、これじゃあ、駄目かな？」

「そんな、ことを……この私、が、認められるわけ、」

息も絶え絶えに、アマリリサは言う。

その肩と膝裏を支えて、レンは彼女の体を持ち上げた。びくっと、アマリリサは震える。

だが、レンに害意がないことに気づいたのか、彼女は全身から力を抜いた。

アマリリサは軽い。熱がかなりある体を運びながら、レンは続けた。

「後から、誰かに質問攻めにあったり、陰口を叩かれたくないんだ。俺の最下位の評判を知っているのなら、アンタに勝ったと広まったりしたら、どうなるか予測がつくだろう？今回のことは黙っていてはくれないか？」

「……くッ、それが勝者のため、という、ことでしたら」

「いい子だ」

「ですが、フィークランドの敗北……私は忘れませんから」

血が滲《にじ》むほどに、アマリリサは唇を引き結ぶ。

強情だと、レンは口元を緩めた。そういう人間は嫌いではなかった。彼は自分の本質的な空っぽ具合を知っている。だから、アマリリサのような少女は、レンには眩《まぶ》しく見えた。

アマリリサの不調から、既に不可視の壁は解除されている。

そのまま、レンは空き部屋の外に出た。顔を出して、彼はベネに呼びかける。

「おーい、ベネ」

「はーい、だいじょ……ってほんとに勝っちゃったの？　嘘《うそ》、冗談でしょ？」

ぴょっと、ベネは跳びあがった。いやいやと、レンは首を横に振ってみせる。

「負けた負けた。でも、俺が逃げ回ってる時に事故が起こってな。アマリリサが自分の呪いを一発食らっちまったんだ。医務室に連れて行ってやってくれ」

「そーいうことなら、どーんと私にお任せあれだよねー」

「頼んだぞ」

ベネはアマリリサを受け取った。小柄だが、彼女は力持ちだ。任せて問題ないだろう。獣のような速さで、ベネはアマリリサを運んでいく。

その姿が見えなくなると、レンは空き部屋にとって返した。造りつけの本棚になっている壁に、彼は深くもたれかかる。額を押さえて、レンは埃《ほこり》臭い空気を吸い込んだ。先ほど読んだ本の一文が頭を回る。『空っぽの人形』。そして、アマリリサの意志に溢《あふ》れた強い瞳。

軽く目を閉じて、レンは呟いた。

「……疲れた」

「やるじゃないか、少年！」

そこで、レンは別の本棚の陰から声をかけられた。

後から思えば、この瞬間に逃げ出せば運命は変わっていたのだろう。

きっと、何もかも。

すべて、が。

だが、レンは答えてしまった。

「誰だ？」

「見事な勝利だったね。結末まで鮮やかだった。なによりも相手の物語を改変し、使用するとはね！　いやはや私も初めて見たとも！　君、対人の魔術戦ならば負けなしだろう？」

ぞわりと、レンは全身に鳥肌が立つのを覚えた。戦闘を見られていただけではない。レンが何をしたかに気づかれている。相手は師匠級の観察眼の持ち主と言えた。

どうするべきか、彼は迷った。口を封じることはできなくはないだろう。だが、暴力には訴えたくない。そこで相手は続けた。

「安心してくれていい。私は君のことを言いふらしたりはしないから。ああ、誰がそんなもったいないことをするものか！　やっと、私にぴったりな人間を見つけたというのに」

「ぴったりな、人間？」

「そうさ。君は私を守り、支え、助けるにふさわしい」

カツリと、硬い靴音がした。

軽やかに相手は姿を見せる。

銀髪の少女だった。紅《あか》い目の輝く顔は、恐ろしいほどに整っている。その目鼻立ちは、まるで人形のように美しい。何が楽しいのか。愉快そうに微笑《ほほえ》みながら、彼女は囁《ささや》いた。

「君、私の伴侶になりたまえよ」

それが、アンネ・クロウと、ユグロ・レンの出会いだった。

TIPS.1

無限図書館と学術都市

無限図書館は、最早一つの小国である。

そう称する声も少なくはない。

数人の大魔法使いを有し、国の運営にも関わる学園は、

育成機関であると同時に、一つの統治機関でもある。

無限図書館にはいくつもの学術都市が連なっており、

卒業生の多くはそのどこかに吸収される。

魔術師の多くは無限図書館で育まれ、

その恩恵を受け続けるのだ。

結果、この国の魔術師達の中で、

「無限図書館」を畏れぬものはいない。

逆を言えば、「無限図書館」がその気にさえなれば、

数多の魔術師を「駒」として扱える。

それは大きな武力を宿していることと同意と言えよう。

無限図書館は最早一つの小国である。

そう称されるのは、やはり無理のないことなのだ。

The Forbidden Girl of Grimoire Academy

CHARACTER.1

ユグロ・レン

所有物語

◆なし

得意物語

◆なし

己の物語を持たないが、他人の物語を
複写し、威力を倍増して使える少年。
対人戦では負けなしだが、弱点もある。
本人は「空っぽ」を自称しているものの、
まっすぐに生きている。
誰かに目の前で死なれることが怖い。

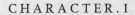

第二章　少年の過去と、伴侶宣言

それは遡って、半年ほど前の出来事だ。

「お前、魔術学園『無限図書館』に入れ」

――――ゴフッ。

師匠にして養母、ユグロ・レーリヤの言葉に、レンは勢いよく紅茶を吹き出した。

思いっきりむせて、彼はごほごほと咳《せき》をする。葡萄《ぶどう》細工の施された暖炉が立派な、応接間での出来事だ。ガラス張りのテーブルに、琥珀色《こはくいろ》が派手に散った。

その様を眺め、レーリヤは眉根を寄せる。

「おいおい、汚ねぇな。ちゃんと拭けよ」

「ごほっ……師匠が……がふっ、急に思いがけないことを、言う、からでしょ……げほっ」

「そんなに思いがけないことか？　将来名のつく魔術師が、あの学園の門戸を潜《くぐ》るのはほぼ義務みてぇなもんじゃねぇか。馬鹿らしいこったがよ」

軍服じみた男装に包んだ肩を、レーリヤはすくめた。彼女は呆《あき》れた声を出す。

「あそこは全魔術師の管理も行ってる。無視して目つけられんのも得策じゃねぇ」

彼女は鋼色の髪に紫水晶のような目を持つ、剣か宝石じみた印象の女性だ。だが、その怜悧《れいり》さと美しさには似合わない粗雑な仕草でレーリヤは煙草《たばこ》をくるりと回して手に取った。物語魔術の応用で生み出された魔道具を使い、彼女は先端に火を点《つ》ける。実に美味《うま》そうに、レーリヤは煙を吸い込んだ。それから空中に向けて、灰色の輪を数個生み出す。

テーブルの上を拭きつつ、レンは嚙《か》み締《し》めるように言った。

「俺には、将来の展望も目標もないんです。それどころか、俺という存在は『師匠が知っての通りの歪なもの』だ。だから、俺は師匠の下で紅茶を淹《い》れながら、ずっと大人しく、ただ老いていくものだと思っていましたよ……それが、平和というものです」

「ハッ、だーれがそんなもったいないことをさせるかよ！　お前ほどの逸材に！」

「逸材ですかねぇ。学園なんか通っても、めちゃくちゃに落ちこぼれると思いますが」

「それでいいんだよ！　いや、そうじゃなくちゃならねぇ！」

テーブルのガラス板に押しつけて、レーリヤは煙草をもみ消した。更に、彼女は吸殻をピンッと弾《はじ》いた。物語魔術で生み出され、そのままにされている魔獣が、吸殻をバウワウと食べる。その見た目は犬に似ているが正確には甲殻類だという。

元の姿はなんだったのかを、レンは怖くてずっと聞けていない。

ずいっと、レーリヤは体を前に乗り出した。レンは膝の上で手を揃《そろ》える。

「はい」

「いいか、小僧」

低い声で、師匠であるレーリヤは語り出した。

「お前は他人の物語を自分の本に複写、更に改変を加えることで、効果を倍増し、返すことができる。まさに最強。対人の魔術戦なら負けなしだ」

「どうも」

「だが、他のこととなるとまるでできん。応用が利かんどころじゃない。能無しだ」

「全くもって、仰《おつしや》る通りで」

「そこを強調しろ。自分は何もできん馬鹿としてふるまえ。何せ、お前の能力は特殊すぎる。他に例を見ん」

新しい煙草に、レーリヤは火を点けた。深く、彼女は煙を吸い込む。濃い色の灰を、レーリヤは高価な絨毯《じゆうたん》に落とした。既についている焦げ跡には見向きもせず、彼女は続ける。

「教師陣に気づかれれば、最終的に解剖措置は免れん。あくまでも表向きは無能を貫けよ。まあ、多少のヤンチャはやらかしたところで、タネは割れんだろうがな。つまりは、そこそこに上手《うま》くやれってこった」

「そんな物騒なところに、俺は行かなくちゃいけないんですか？」

「さっきも言っただろう。名のある魔術師は、必ず、学園を通る」

ふーっ、と、レーリヤは空中に煙の輪を生んだ。

どこか暗い目をして、彼女はレンに真剣に告げた。

「残念ながら、お前は魔術師としてしか生きられん。それならば、学園で過ごすしかない。まあ、気楽に行け」

「そうですね……確かに俺に、それ以外の生き方は無理でしょう」

低い声で、レンは応えた。場に重い沈黙が落ちる。

しばらくして、レンは問いかけた。

「師匠、質問が」

「なんだ？」

真面目に、レンは手を挙げた。煙草の先端を向けて、レーリヤは発言を促す。

硬い表情で、レンは尋ねた。

「実際、俺は改変魔術以外何も使えませんが、それで入学試験を突破できるんですか？」

「安心しろ。手は打ってある」

滑らかに、レーリヤは応えた。再び、彼女はまだ長い煙草を弾き飛ばした。

バウワウと、魔獣がそれを追っていった。両手の指を組み合わせて、レーリヤは囁く。

「合否の判定をする教師には、お前がアタシの『作品』である情報をこっそりと流しておいた。このユグロ・レーリヤの『作品』を間近で鑑賞できるんだ。多少どころじゃなく、試験結果が壊滅的だったところで、通すさ」

「師匠」

不意に、レンは凍った声を出した。レーリヤは紫水晶の目を細める。まっすぐに彼女を見つめながらも、レンの眼差《まなざ》しは鋭い。尊敬する師に向けて、彼は臆することなく告げた。

「俺は、『作品』呼びは嫌いです」

「あー……悪かった。悪かった。これはアタシの失言だな。そんな顔すんなって。お前はアタシの最低で最高の愛《いと》し子《ご》だよ」

キシシシシシッと、レーリヤは笑う。

レンは顔の硬直を解いた。調子がいいんだからと、彼はため息を吐《つ》く。

新たな煙草を出そうとして、レーリヤは箱の中身が空なことに気がついた。短く、彼女は舌打ちする。ガリガリと頭を掻《か》きながら、レーリヤは続けた。

「悪いな。本当は水属性の本のひとつでも持たせて送り出してやりたかったんだがよ。アタシとお前は血は繋《つな》がってねぇし、それに」

「師匠自身が本を一冊しか持たないんだから、仕方がないじゃないですか」

淡々と、レンはそう返した。うむと、レーリヤは頷《うなず》く。

彼女は大変特異な魔術師だった。

レーリヤは物語魔術をひとつしか使えない。火を点ける魔道具も煙草を食べる魔獣もその莫大《ばくだい》な財産で人に造らせ、買ったものだ。それでも彼女の名を知らない魔術師はいない。

息を吸い込み、レンはその言葉を続けた。

「師匠は伝説の『修復師』なんですから」

その後、レンは歴代最低得点で入学試験を通過した。

無事、彼は落ちこぼれと名高い、『小鳩《こばと》』のクラスに在籍が決まった。そこで、レンは『上手くやってきた』。ベネを初めとする友人達も得て、日常は回っていたのだが――――。

今になって、レンは最大の危機と混乱に、同時に襲われていた。

＊＊＊

「は、伴侶？」

「ふふ……ふふふっ、あははっ、本気にしたかい、少年？　悪い、悪い。ずいぶんと初心《うぶ》なんだな、君は。ハートを奪ってしまったかな？」

パチンッと、少女は鮮やかに片目をつむった。レンはむっとする。からかわれるいわれはない。だが、一転して、彼女は真面目な口調で続けた。

「私の名はアンネ・クロウ。アンネと呼んで欲しい」

少女――アンネはまっすぐに手を差し伸ばした。無視し難《にく》くて、レンはそれを握り返す。アンネの掌《てのひら》は温かく、柔らかかった。手を繋いだまま、彼女はにこっと花のように微笑む。

「君には、私の相棒になってもらいたくてね」

「お断りだ」

何故《なぜ》、そんな得体の知れない、面倒なものにならなくてはいけないのか。

それに、自分は誰かの相棒を名乗れるような『人間』ではない。

レンはそう断わった。だが、アンネは笑顔のままで続ける。

「嫌だと言うなら、君の特異な才覚を全てバラすよ」

「……やってみろよ。あまりにも前例がなさすぎる能力だ。誰も信じるわけがない」

「普通はそうだろうね……だが、君がユグロ・レーリヤの『作品』だと知る者からすれば、どうかな？」

ギリッと、レンは歯を噛み締めた。

『作品』呼びは好きではない。

それ以前に、この女生徒はどこまで知っているのか。

だが、彼の苛立《いらだ》ちに構うことなく、アンネは続けた。

「君の得点は歴代最低だ。それでも入学の叶《かな》った背景には、君がユグロ・レーリヤの関係者だと知っている者がいる。恐らく、合否判定をする教師だ。彼ならば君に特異な才能が開花していると聞けば、一抹の疑惑を抱くだろう」

滑らかに、アンネは推測を並べた。ぺろりと、彼女は紅《あか》い唇を舐《な》める。

「すぐに解剖……とまではいかないだろうがね。今後、監視をされるようになっては何かと困るんじゃないかい？」

「おい、ひとつ聞きたい」

「何かな？」

アンネは小首を傾《かし》げる。生意気どころではないのに、その仕草は異様に可愛《かわい》らしい。

レンは息を吸って、吐いた。覚悟を決めて、彼は尋ねる。

「どこまで知ってるんだ、俺のこと？」

「そうだな。君は『最悪の災厄』に遭い、ユグロ・レーリヤの『修復』を受けた人間である、ということくらいかな」

ふぅっと、レンは息を吐いた。何故、そこまで知っているのかは謎で、脅威だ。

だが、同時に彼は思う。

――そこまでならば、問題ない。

――だが、教師にバラされるのは面倒だ。

レンはアンネを睨《にら》みつける。それに応えるように、アンネは美しく微笑《ほほえ》んだ。

己の胸に、彼女は掌を押し当てる。謡《うた》うように、アンネは語った。

「理由があってね。対人戦に強く、背中を預けられる相棒が必要なんだ。君が私に力を貸してくれるのならば、君の異能を隠し続けることも手伝おう。また、本気で嫌ならば預けた背中を刺してくれても構わない――どうだろうか？」

変わった言葉だった。背中を刺しても構わないとまでは、普通、人は思いきらない。だが、アンネは当然のような顔をしている。

レンは考えた。この少女に力を貸したくはない。だが、重大な情報を多く握られてしまっている。また、異能を知ったうえで隠す手助けをしてくれる人間がいるのは悪くはない。レーリヤにも語った通りだ。彼の本質は虚《うつ》ろで歪《いびつ》だった。いつバレてもおかしくはない。いくつかの要素を、レンは天秤《てんびん》にかけた。しばらくして、彼はため息を吐く。半ば自棄《やけ》になりながら、レンは尋ねた。

「相棒って何をするんだ」

「その前に」

じっと、アンネはレンを見つめた。紅い目は不思議なほどに真摯な光を宿している。彼女の求めている言葉を察し、レンは答えた。

「わかった。なるよ、お前の相棒に」

「契約成立だね」

脅迫があるとはいえ魔術的制約はない口約束だ。だが、アンネは嬉《うれ》しそうに飛び跳ねた。無邪気に、彼女は喜ぶ。くるりと、アンネは一度回った。そして、彼女はレンに告げた。

「相棒の役割は簡単だよ。私を守り、支え、助けて欲しい。つまり——」

そこで、アンネは言葉を切った。

もう一度、にこっと笑って彼女は続ける。

「やっぱり、伴侶みたいなものだね？」

「真面目にやれ」

ケラケラと、アンネは笑う。

今後を思い、レンは頭痛を覚えて額を押さえた。

TIPS.2

修復師について

修復師とは、「本を修復する者」である。
つまり、「人の本＝魂に干渉できる物語」を持った
人間のことだ。その存在は非常に貴重であり、
腕の立つ十人の修復師の価値は、
一人一人が国一つよりも重いと言われている。
中でも、伝説の修復師ユグロ・レーリヤの価値は
群を抜いている。

≪伝説の修復師　ユグロ・レーリヤ≫

彼女についての情報は多くが抹消されている。
また、ユグロ・レーリヤは国の保護と監視を受けており、
現在の正式な所在地は明らかにされていない。
その腕は卓越しており、ユグロ・レーリヤには
物語を抹消された本の修復さえ可能であると謳われている。

それは神の御業だ。
彼女は本当に人間なのだろうか？

第三章　少女とクラスと、鳥の王

「それでは。早速だが、少年。教科書を私に見せてくれるかな？」

「なんでだよ。って言うか、同じクラスだったんだな」

既に、午後の授業開始の鐘は鳴っている。

レン達は教室に戻ってきていた。壁面が全て本棚で埋められた一室には、半月型の長い机が幾重にも並べられている。そこに、等間隔に席が置かれていた。

アンネは途中で去るものと、レンは思っていた。だが、驚いたことに、『小鳩』の教室に入ると、彼女は当然のごとく、レンの右隣に座ったのだ。つまり、同じクラスだということになる。だが、彼にアンネの姿を今までに見た覚えはなかった。

口元を押さえて、彼女は笑う。

「ふふっ、黒布を頭から被《かぶ》り、教室の片隅で押し黙っていた生徒がいただろう？　何を隠そう。アレが私さ。驚いたかな？」

「ああ、アイツか。全員と交流があるわけじゃないから、男か女かも知らなかった」

「中身がこんなとびっきりの美少女で驚いただろう？」

「自己申告はどうかと思う」

朧《おぼろ》げな記憶を、レンは思い返す。

言われてみれば、他の人物と一切交流を持とうとしない、黒い誰かがいた覚えがあった。

『小鳩《こばと》』には多数の生徒が在籍している。他のクラスよりも所属人数は比較的少ないとはいえ生徒の全てが関《かか》わりを持つわけではなかった。中には望んで孤独を選ぶ者もいる。

何故、アンネが急にその態度を変えたのかは謎だった。それについて、レンは尋ねようとする。だが、その前に、彼女は質問を読んだかのごとく続けた。

「今までは極力目立たないようにしてきたが、相棒も得られたんだ。そろそろ『活動』を開始しようかと思ってね？」

「『活動』ってなんだよ？」

「ところで、教科書は見せてもらえるかな？」

「めちゃくちゃわかりやすくはぐらかすな。それに、お前、持ってるだろ？」

「中身は全て暗記してしまっていてね。人の落書きや覚え書きを見るのが楽しいのさ」

「断る」

「魔術師には作家志望も多いけれども、『僕の考えた最強の物語』を書きつけたりは……」

「誰がするか」

「あああああああああっ！」

そこで、とんでもない大声があがった。一瞬、教室中が静まりかえる。

何かと、レンは声の主に視線を向けた。

教室入り口に、ベネが立っていた。どうやら、医務室から戻って来たらしい。よろよろと、彼女はレンの前まで歩いてきた。ぺたりと耳を倒し、ベネは絞り出すような声で言う。

「……レンが見知らぬ美少女とイチャイチャしてる」

「イチャイチャはしてない。見知らぬ美少女でもない。ほら、後ろの方に黒い奴《やつ》いたろ？コイツ、アイツだって」

「私が今までどれだけ尽くしてきたと思ってるのかなぁ！　このろくでなし」

「お前こそ、何を言ってるんだ」

レンは半眼で言う。この少女は友人想《おも》いで人懐っこいが、時々よくわからない。

ベネは聞いていなかった。何を思ったのか、彼女はアンネに向き直る。

そのまま両腕を挙げ、ベネは鳥が威嚇するようなポーズをとった。にこっと、アンネは完璧な笑みで応える。数秒の沈黙が落ちた。やがて、ベネは顎に伝う汗をぬぐった。

「……むむ、なかなかやるね」

「そっちこそ」

「だから、何が通じ合ったんだよ」

そこで、コホンと咳払《せきばら》いの音がした。

微《かす》かなそれを無視して、ベネとアンネは続ける。

「いや、それでも私は譲らないよ！　警戒心の強いレンの隣に収まるまでに、私はそりゃ苦労を重ねてるんだから！　譲るわけないさね！」

「ほう、隣、ね。それじゃあ、この少年の扱いにかけては、私の先輩というわけだ。ぜひご教授を賜りたいものだね」

「いいよーっ！　じゃないんだなぁ、これが！」

再び、コホン、コホンと咳が聞こえた。音は弱々しく、また、悲しそうだ。

流石《さすが》に悪いと思ったものか、ベネはアンネと逆側を選ぶと、レンの左隣へ座った。だが、そこで、レンは後ろから声をかけられた。青白い肌に細面の顔をした学者肌の男子が囁《ささや》く。

「なあ、レン氏」

「なんだよ、ディレイ」

「殺してもよいですかな？」

「物騒なんだよなぁ！」

心の底からの叫びを、レンはあげた。思わず、彼は机を殴る。しかし、欠片《かけら》も動じることなく、ディレイと呼ばれた男子は、特徴的なインバネスコートを着た腕を組み合わせた。

「貴重な獣耳っ子のベネ氏だけでも処刑に値するというのに、隠れ美少女まで隣に侍《はべ》らすとは、残念ながら、これは処刑一択でしょう」

「そこで命を取らないという選択肢は、お前にはないのか？」

「獣耳っ子って言うな！　好きでつけてるんじゃないやい！」

耳を尖《とが》らせて、ベネは訴えた。だが、その様を、ディレイは愛らしいと笑顔で眺める。

シャーッと、ベネは威嚇の姿勢を取った。いつものやり取りだ。レンは深くため息を吐《つ》く。

続けて、ベネを慰めるべく、彼はその頭をわしゃわしゃと撫《な》でてやった。

「あっ、そこ、耳の後ろもうちょっと強く撫でて」

「はいはい」

「よきよき」

「やはり、獣耳っ子ですなあ」

「ちゃうわい！」

ベネには、獣耳が生えている。これには理由があった。

彼女は『獣人の物語』しか本を持っていない。

つまり、変身属性一冊のみだ。しかも、制御がロクにできていなかった。常日頃から、彼女には獣耳が生えており、身体能力も強化されている。だが、本を一冊——そのうえ希少性は低く、価値も高くない変身属性しか持っていなくとも入学できたのは、彼女の特異性に加点がされたためでもあった。それでも、『小鳩』にしか入れなかったわけだが——

どうやら、ベネの家系はずっとそうらしく、彼女にとって、それは恥ずべき事実らしい。

獣耳に生える毛を、ベネは更に逆立てた。彼女はディレイに喧嘩《けんか》を売る。

「ふーんだ、ディレイの馬鹿野郎。人でなし。禁書に呪われろ！」

「最大級の悪口が来た」

「禁書は『世界を呪う』と言われている禁断の書物ですぞ。それに呪われろとはいやはや」

「少しは反省したか？」

「興奮しました」

「これだもん嫌だーっ！」

ベネは本気で泣き出した。机に突っ伏した頭を、今度はアンネが体を伸ばして、おおよしよしと撫でる。ごろごろと、ベネは喉を鳴らした。その時だ。

げっほん、うぉっほん、ごっほんと咳払いが苦し気に続いた。

ようやく、教室は静かになる。カツンと、靴音が響いた。

教壇の上で、ローブ姿の上品な老紳士が悲しそうに言う。

「皆さんが静かになるまでに十五分二十秒もかかりました……先生、悲しいです」

「アマギス先生は、もう少し主張をしてくれてもいいと思いますよ？」

レンの言葉に、アマギスという教師は首を横に振った。灰色の豊かな口髭《くちひげ》が揺れる。

彼は片眼鏡の位置を直した。相変わらず悲しそうに、アマギスは続ける。

「いえ、勉学は生徒の自主性を重んじてこそ……皆さんが自ら『学びたい！』と思ってくれた時こそ、学び時ですから……」

「この落ちこぼ……『小鳩』クラスにそんな期待をしていたら日が暮れますよ」

親切心から、レンは思わずそう告げた。

何せ、この『小鳩』クラスに集まっているのは、入学試験の成績を下から数えた方が早い面々だ。勿論《もちろん》、『図書館』持ちの名士など一人もいない。ほぼ全員のやる気がないに等しかった。理由こそ違うが情熱のなさはレンも同じだ。熱意を期待するのには無理がある。

だが、レンの言葉にアマギスは目を剝《む》いた。彼は紳士然とした雰囲気をかなぐり捨てる。

唾を飛ばして、アマギスは喋《しゃべ》り始めた。

「落ちこぼれぇ？　落ちこぼれとはなんですか！　いいですか？　学生さんはみんな金の卵！　『小鳩』だろうが『大鴉《おおがらす》』だろうが、そこになんの違いがあるものですか！　諸君は！　落ちこぼれ！　では！　ない！　です！」

「あー……先生、すみません。俺が悪かったです」

「つまり！　諸君を！　任されている私も！　落ちこぼれでは！　ない！」

「はい、わかってますって」

「どーどーどーどー」

「先生かっこいー」

「お鬚《ひげ》が素敵」

「先端がくるっとしてるところがちょっといいよね」

こうなると長い。周りやベネも加わり、アマギスを慰めたり、おだてる流れになった。

ただ一人、アンネだけは参戦していない。傍観しながら、彼女はにこにこと微笑《ほほえ》んでいる。

勿論、『小鳩』クラス担当のアマギスは、教師陣の中ではもれなく落ちこぼれである。

『小鳩』から最高位の『大鴉』まで一年生には四十のクラスが存在した。それぞれに所属人数は異なっており、二十番目の『雲雀《ひばり》』が最大人数を有する。『大鴉』には最低の十人しか在籍していなかった。『小鳩』クラスは将来も望めない、一冊から数冊の本だけを抱えた集団だ。その事実は動かしようがない。だが、アマギスは気を取り直したようだった。

再び片眼鏡の位置を直して、彼は言う。

「それでは、本日は上級生の授業の特別公開日ですので、張りきってまいりましょう。ちなみに、既に遅刻です」

「……そ」

「そ？」

それを早く言え！

『小鳩』の全員が、揃《そろ》った声でそう叫んだ。

＊＊＊

「やあやあ、ようこそ下級生諸君。公開授業は、生徒の運営に任されているから、私が失礼するよ。本日の授業の前提は聞いているね？」

「聞いてません」

「おや、それじゃあ、軽く話そうか？　今回学ぶのは物語の応用と詠唱時間についてだ」

純白のコートに身を包んだ上級生の女子生徒は、そう語り始めた。彼女は紅《あか》い髪をした、人目を引く、華やかな美人だ。その前で、レン達はぜーはーと息を荒らげている。

『小鳩』の教室から上級生の公開授業用の講堂まで、本棚の間の秘密通路さえも使用しての全力疾走だった。何故《なぜ》か、アマギスだけは執事のごとき涼やかな佇《たたず》まいを見せている。

全員の様子に首を傾《かし》げながらも、――上級生の中で五番目のクラス、『紅鴉《べにがらす》』に在籍する――女生徒は語った。

「物語による魔法は、即効性に優れたものが多い。だが、中には永続的効果を発揮するものもある。永続属性の物語を持つ魔術師は重宝される。彼らの多くは『職人』を選び、魔道具や魔獣の作成者となるんだ。卒業後の行く先は、まさしく引く手数多《あまた》だな。君達は……『小鳩《こばと》』、クラスだったか。なら、永続属性を持つ者はいないな」

無慈悲に、彼女は言い切った。だが、その通りだ。そんな有用な属性を持てていれば、『小鳩』クラスになど入ってはいない。それでも、気を取り直したように女生徒は続けた。

「だが、諸君も魔道具や魔獣を扱う機会はあるかもしれない。それが作り出される過程の知識を学んでおくことは、悪いことではないだろう。これから、まず魔獣の作成が始まる。しっかりと見ておくように」

「レン、レン」

「どうした、ベネ」

そこで、レンはベネに袖を引かれた。

背伸びをして、彼女は彼の耳に口を寄せた。小さいがはっきりとした声で、ベネは囁く。

「あのおねーさん、有名人だよ。この前の裏人気投票、次の生徒会長は誰だ！　で、末端会員なのにぶっちぎりで一位とった人」

「末端は余計だが、知ってくれているのは光栄だな。はじめまして、私はリシェル・ハイドボーン。名前は覚えて帰ってくれ」

聞こえたのか、上級生——リシェルは片目をつむった。多くの生徒が顔を赤くする。だが、アンネだけは真顔のままだ。自身の顎に指を当てて、彼女はどこか不審げに言った。

「私の方が可愛《かわい》いと思うんだがね？」

「おい」

「いや、冗談で言っているわけではなくね？」

それならなんなんだと、レンは聞こうとして、聞きそびれた。

場には変化が起こっていた。

レン達は壁面にぐるりと本が飾られた講堂内にいる。その中央で、上級生の男子生徒が立ち上がっていた。彼は手をあげ、下級生達に挨拶をする。

黒髪の凛々《りり》しい顔立ちの好青年だ。再び、ベネが言った。

「あの人は三位だった人だね。裏人気投票だから、生徒会の末端の方に票は集まりやすかったんだけど、彼は永続属性持ちだし、中の中くらいの位にいる人」

「お前、なんでそんな生徒会メンバーだの人気だのに詳しいんだ？」

「知らないの、レンくらいだよー。生徒会って言ったら花形だぞー」

ベネの返事に、レンはそういうものかと頷《うなず》いた。だが、己の日常に関与しないものに、彼は基本的に興味が全くない。自分が異物だと排斥されなければ、レンはそれでよかった。

本日の見本なのだろう。男子生徒は詠唱を始める。それに重ねて、女子生徒が言った。

「もうひとつ学ぶべきこと。それは詠唱の長さについて。読む物語の文章が長ければ長いほど魔術は強い効果を発揮する。永続属性ならば、より強い魔道具や魔獣が完成するんだ」

『鳥の王よ。彼は呼びかけた。青く、高い空に向かって。鳥の王よ。誇り高き者よ。今一度、砂と火を連れ、我が前に舞い降りんことを』

詠唱はここで終わるだろう。誰もがそう思った。

もう十分量は唱え終えている。だが、彼の紡ぐ物語は続いた。

『鉄と銀と金を喰《は》み、汝《なんじ》は力を増さん。ここに、そなたに捧《ささ》げる金属がある。さあ、我が前にもう一度、その姿を見せたまえ』

レンは違和感を覚えた。詠唱の長さによる、効果の強さを示そうというのだろうか。だが、それにしては物語が続きすぎている。天井を仰ぎ、男子生徒は高らかに声を響かせた。

『彼は見た。青空に差す影を。頭上を横切る威容を。彼は歓喜の声をあげた。砂漠で水を与えられた人のように。鳥の王を。たぐいまれなき怪物を歓迎した。彼は彼は、彼は』」

胸を掻《か》きむしり、男子生徒は泡を吹き始める。彼は明らかに苦悶《くもん》していた。尋常な様子ではない。アマギスが目を見開いた。リシェルも慌てた様子を見せる。

二人が何かを口にしようとした時だった。男子生徒は急に叫んだ。

「『彼彼彼彼彼彼彼彼、彼は告げた！　時が来た！』」

「逃げろ！　開示！」

アマギスは叫んだ。彼は本棚を展開させる。並べられた机の間に、数百の本の詰まった本棚が縦横無尽に広がった。慌てて、生徒達は後ろへ下がろうとする。だが、対応は遅い。

瞬間、講堂の中央にソレは生まれ出た。

永続属性から作り出された怪物。

鳥の王、が。

第四章　暴走、戦い、禁書少女

永続属性の魔術には、大別して二種類がある。

無から一を生み出すものと、一に変化を促して固定するものだ。特に後者を、物語の『応用』と呼ぶ。また、前者は『永続属性』ではあるものの、使い手が卓越していない限り、実際には続き難《にく》いという欠点を持つ。

鳥の王、はその最たる例だ。

巨大な鳥は物語の通りに金属を好み、砂と火を統《す》べる。強力な武力として使える存在だが、安定性には欠けた。通常、数十分で鳥は消滅する。

しかし、とレンは思う。

(今回は詠唱が長すぎた)

鳥の王が、何時間もつかはわかったものではない。

砂と火を纏《まと》いながら、黄金の鳥は羽ばたいた。それは物語の通りに、己の力を誇示する。

確かな実体をもって、王は破壊を開始した。

鳥の王は、講堂の天井に向けて高く舞いあがった。ソレは鋭いくちばしを振るう。

中央に設けられた、ステンドグラスが突き破られた。繊細な装飾が粉々に割られる。輝く欠片《かけら》が落下した。ひとつひとつの破片は大きい。刺されば命に関わるだろう。

瞬間、アマギスは本を手に叫んだ。

「『私は盾となる！　この忠心が故に！』」

簡素な不可視の盾が頭上に展開される。ステンドグラスを防ぐくらいならばこの程度で十分だ。それを複数展開し、彼はバラバラに立つ生徒達を守っていく。流石《さすが》教師と言えた。

ズレた片眼鏡をそのままに、アマギスは叫んだ。

「逃げたまえ、諸君！　そして誰か上級生の担当を呼んでくるんだ！」

今回、公開授業は生徒に運営が任されていた。それが災いした。

レンは考える。上級生達は優秀な『紅鴉《べにがらす》』の所属だ。中には何名か、アマギスと同等か、それ以上に対処が可能な者もいるだろう。現に、いつの間にかリシェルは己の『図書館』を展開している。彼女は鎖を放ち、鳥の王の動きを止めようと試みた。

「『束縛を望みなさい。聖女は囁《ささや》いた。甘く、甘く、貴方《あなた》が自らその手足を戒められ、自由を捨てることを選ぶように』……くっ、駄目か」

鎖の輪を、鳥の王は引き千切る。拘束属性は利き難い。だが、大規模な対処には下級生、しかも、『小鳩』クラスが邪魔だった。更に召喚主である男子生徒の暴走は続いている。

「『炎よ！　奔《はし》れ！　奔れ！　炎よ！　熱く！　強く！　眩《まぶ》しく！　速く！』」

怪物の召喚を終え、彼は――恐らく、有望な――生徒を狙って、魔術を連発していた。

「『私に害なす者は首《こうべ》を垂れよ！』」

事もなく、リシェルは拒絶属性の物語で防いだ。だが、本棚の開示自体が間に合わなかった生徒は直撃を喰《く》らう。場の混乱は続いた。その中でリシェルは本を手に果敢に叫んだ。

「『神の身許《みもと》で、童女は跪《ひざまず》いて望んだ。愚かな羊達に。深き混乱を、狂騒を、衝撃を。その果ての耐え難き喪失を』」

彼女は男子生徒に呪いを放つ。混乱に頭を抱えた後、彼は呆然《ぼうぜん》自失とした。これで魔術の乱発は収まった。流石、リシェルには生徒会に所属しているだけの実力があると言えた。

その間にも、他の上級生は、下級生達の避難誘導に当たり始めている。

鳥の王の相手は、アマギスが務めていた。

単発の魔術を放った後、彼は別の本を取り出した。

「『私が見た魚の王の話をしよう。彼らは個体ではなかった。彼らは偉大なる群体。一体、一体が虹色の泡の目を持つ、魚の群れだった』」

アマギスは魚の王を召喚する。適切な選択と言えた。

無数の銀色がくるくると宙を回り、弾《はじ》けるように魚の形が誕生する。彼らは天井を泳ぎ、鳥の王に激突した。鳥の王は砂と火で囲まれた体を削られる。彼は低く苦悶の声をあげた。

瞬間、それはもう一度高く舞い飛んだ。

滑空を予想し、アマギスやリシェルが盾を展開する。

だが、鳥の王は人は狙わなかった。ステンドグラスの割れた穴周辺に目標を定め、鳥の王は砂嵐を巻き起こす。天井が崩落した。巨大な破片が降ってくる。今の盾で支えるには、質量が大きすぎた。アマギスは別の本を手に取る。だが、間に合わない。

自分達に落ちてくる瓦礫《がれき》を、レンは直視した。その軌道を読み、彼は動く。

「ベネッ！」

「レンッ？」

レンはベネを突き飛ばした。

直後、彼女がいたところに、瓦礫が突き刺さった。危うく、レンはそれを躱《かわ》す。返す動きで、彼は自分の羽織っているローブを広げた。衝撃で散った細かな破片から、レンはアンネを守る。礫《つぶて》の直撃を受けながらも、彼は瓦礫の向こう側に声をかけた。

「ディレイ、お前、防御属性の物語を持ってるだろ？　ベネを守ってやってくれ！」

「合点承知の助ですぞ！　レン氏もご武運を」

「ありがとう！　気をつけろ！」

二人は会話を終える。その間中、何故《なぜ》か、アンネはきょとんとした顔をしていた。

なんだよと、レンは彼女を睨《にら》む。一瞬の間の後、彼を指さして、アンネは爆笑した。

「あははは〜っ、なかなかに面白いな、君は。いや、会話がじゃなくって、私を迷いなく守ろうとする、その行動がだよ！」

「なんでそれが面白いんだかよくわからん……危ない！」

再び、鳥の王が羽ばたいた。天井が更に破壊される。

瓦礫が落ちる。逃げ場がない。レンはアンネを自分の体でかばった。

頭部に衝撃が走る。

そして、何も見えなくなった。

＊＊＊

灰が。

灰が流れる。

全てのものが灰と塩と化していく。

幼いレンの目の前では、異様な光景が繰り広げられていた。

昨日まで平穏だった海辺の小さな街は、突如として錆《さび》と膿《うみ》を混ぜ合わせたような液体に侵食された。ソレに覆われると、全ての建造物は千年が経過したかのように崩れ落ちた。煉瓦《れんが》造りの家は灰と化し、街を見守ってきた灯台は塩の柱へと変わった。見知った全てが、異様に変質していく。

何もかもが、壊れていく。

だが、レンは知っていた。

この光景を、自分は見ていない。

後から聞いて、想像しただけだ。

だから、この全てには意味がない。

大切なのは、今、だ。

そう、レンは瞼《まぶた》を開いた。

「馬鹿かな、少年」

彼の目の前にはアンネが立っていた。彼女の周りには瓦礫が降り積もっている。更には炎まで走っていた。細かな砂も舞っている。ひどい惨状の中で、アンネだけがただ美しい。

空気の流れに銀髪を揺らし、彼女は囁いた。

「私を守り、助け、支えて欲しいとは言ったよ？　しかし、本をまともに持たない君が今、私を守ってどうするんだい？　私は君には対人戦を担当して欲しくて、盾にするつもりは」

「うるさい馬鹿はそっちだ。お前が危なかったのに細かいことをいちいち考えてられるか」

そう言い、レンは自分の体を確認した。頭からは、血が流れている。だが、大きな怪我《けが》はなかった。動くことはできる。それならば十分だ。埃《ほこり》を払って、彼は立ち上がった。

「人は壊れやすい。俺はそれを思い知ってる」

そう、ある日突然、
何もかもが灰になって失われるかもしれないのだ。

「誰かが泣くのも、辛《つら》い思いをするのも、大切なものを失うのもごめんなんだよ。俺はそういう人間だ。以前、そう決めた。それで悪いか」

レンは言い切る。そう、彼は『そうあれかし』と決めたのだ。自身の本質がいかに空っぽで、ありえない、歪《いびつ》なものでも――だからこそ、決定した。今更、それを変える気はない。

次の瞬間、アンネはキョトンとした。しばらく、沈黙が続く。何故黙るのかと、レンは思った。

アンネはやはり吹き出した。

「ふふっ……君……ははははっ」

「だから、何がおかしい！」

「いや、すまない。私は根が性悪な人間だからね。あまりにも嘘《うそ》のない、まっすぐなものを見ると眩しくなるのさ……ふむ」

アンネは後ろ手を組んだ。彼女は辺りを見回す。

ここは瓦礫の狭間《はざま》で、ちょうど陰になっている。救援は望めそうもない。同級生に上級生、アマギスの姿すらどこにも見えなかった。彼らの無事の脱出は、祈るほかないだろう。

頭上では、魚の王達と鳥の王の戦いが続いている。だが、魚の王達はそろそろ消える頃合いだ。レンは軽く絶望を覚える。一方銀の鱗《うろこ》のきらめきを眺めながら、アンネは呟《つぶや》いた。

「アレが、鳥の王を倒したことにすればいいか……条件は揃《そろ》っている。いいだろう」

「何が」

「君にだけ見せてあげよう、私の秘密を」

そうアンネは片目をつむった。

瞬間、周りの空気が変化した。

どろりと、

それは鉄臭く。

＊＊＊

自身の本棚を、アンネは開いた。

中には落ちこぼれクラスの所属らしく、三冊だけ本が詰められている。これで鳥の王に対抗できるわけがない。レンはそう考えた。だが、アンネの行動はそこで終わらなかった。

チャラリと、彼女は首にかけていた細い鎖を外した。

それには、小さな鍵がついている。

アンネは鍵を宙に投げた。空中で、それは回転する。落下した時、鍵は剣ほどの大きさに育っていた。巨大化したそれを、アンネは軽々と受け止める。

「開示」

同時に、彼女の服装は変化した。

ただの制服は掻《か》き消える。代わりに、胸元まで際どく肌の覗《のぞ》くドレスが現れた。ドレープがふんだんに使われた作りは豪華だ。だが、凄惨に破かれたような印象を与える。そんな衣装だ。異様なドレスを美しく纏《まと》って、アンネは笑う。

「いかがかな？　だが、まだ全然本番じゃないよ」

「お前、その格好は一体？」

「これは私にかけられている永続魔術のひとつさ。鍵の準備を整えると使用の補佐のための魔道具のドレスが体を覆う。その間、制服は縮小される。触れれば君にもわかるだろうが、この衣装には強力な魔力が込められていてね。そして、布面積が際どい理由は――」

そこでアンネはぐっとドレスの胸元を押しさげた。危うく、胸がこぼれ落ちそうになる。レンが視線を逸《そ》らしかけた時だ。くるくると鍵を回すと、アンネはその先端をぴたりと自身へ向けた。まるで、剣で自決を図るかのような仕草だ。まさかと、レンは思った。

だが、止める間もなく、彼女は腕を動かす。

「やめっ！」

「魔術師は戦闘時、本棚を開示する。だが、強力な魔術師ほど本来の本棚は鍵をかけて隠しているものなんだ。そして、その開示は己という書庫に鍵を挿すことで行う」

ドシュッと鈍い音がした。

紅《あか》い、血が散った。

鍵で、アンネは自身の胸を貫いたのだ。彼女の胸から鉄の棒が生えている様を、レンは呆然と眺めた。ぽたり、ぽたりと床上に紅い雫《しずく》が落ちていく。だが、それで終わりではなかった。痛みに震える腕で、アンネは鍵を横に回した。みちみちと音を立て、肉が切れる。

――――カチリ。

小さな音がした。

瞬間、爆発的に。

暴風を伴って、ひとつの本棚が開示された。

＊＊＊

その本棚は朽ちていた。

側面には血痕が散っている。隅には蜘蛛《くも》の巣が張っていた。中には百冊程度の本が収められている。だが、その背表紙がおかしい。全てが厚く、また黒かった。通常、魔術師が似た属性の本を複数冊持つことは珍しくない。だが、それでも漆黒の表紙群は異様だった。

それらを目にした瞬間、レンは激しい嫌悪と恐怖を覚えた。

『これはここにあってはならない』

そう、思えたのだ。

だが、アンネは何も感じてはいないらしい。いつの間にか、彼女の胸に刺さった鍵は消えている。本棚の中から、アンネは一冊の本を取り出した。緩やかに、彼女は唇を歪《ゆが》める。

そして、アンネはページを開いた。

彼女は中身を読み始める。


「蜻ｪ縺?≠繧檎ｮ縺?≠繧梧K蜉?r譛帙a」


ソレは人間の出す声ではなかった。

もっとおぞましい、何かだ。

思わず、レンは耳を塞ぐ。だが、その意味は徐々に脳へと浸透してきた。

自然と、レンは理解する。

これは禁断の言葉だ。

中身は憎悪を謳《うた》っている。

それは呪いで、

それは災禍で、
それは業苦で、
それは、罰だ。

詠唱に合わせて、天井には蟻《あり》のような血文字が集い始めた。それは魚の王の攻撃に紛れながらも、猛烈な速度で鳥の王を侵食していく。たとえ、レン以外に目撃者がいたとしても、その変化には気づけなかっただろう。だが、注視していた彼は、確かに全てを見た。

紅い錆に似たものに、鳥の王は覆われた。

紙を燃やすように肉は腐食され、骨は喰《く》われた。

鳥の王は残骸と――灰と化した。

レンは目を見開く。ほとんど無意識のうちに、彼は呟いた。

「……似ている」

この変化は似ていた。

レンがかつて体験した『らしい』、『最悪の災厄』と。

侵食は、終わる。

最後には灰も消えた。

何もかもが、『なかったことになった』。

＊＊＊

ガコンッと音がして、黒の背表紙の並んだ本棚は消える。当然のごとく、ソレは姿を隠した。後には三冊だけが入った平凡な本棚が残される。同時に、アンネの姿も元に戻った。ただの制服姿で、彼女はその場に立っている。

呆然《ぼうぜん》と、レンは呟いた。だが、問う前に、彼はその答えを知っている気がした。

「……今のは」

「『禁書』だよ」

禁書。

それは持ち主は必ず処刑される、禁断の物語だ。

強力にして、制御は不可能。

『世界を呪う』書物とも言われている。

その存在は、人々の間で、悪口や例え話に使われるほど浸透していた。

存在自体は誰もが知っている。

同時にあってはならない、物語だ。

何故《なぜ》、そんなものをアンネが持っているのか。

何故、そんなものがここに実在するのか。

「禁じられた本。負の感情だけを集めた災厄の書物。私はソレを使ったんだ……そして、君も気づいたかもしれないけれど、言っておこう」

流れるように、アンネは言葉を続けた。

レンの考えを読んだかのように、彼女は囁《ささや》く。

「かつて少年の体験した『最悪の災厄』は性質上、『禁書』を使用したものだと思われる」

レンは目を見開く。まさか、今になってあの災厄の原因を聞くことになるとは予想しない。だが、確かに耳にした災厄の内容は禁書がなければ引き起こすことが不可能に思えた。

真剣にレンを見つめ、アンネは続ける。

「そして、実は君の味わった災厄を起こした人間は、なんら罪を咎《とが》められることなく、この学園に入学している可能性が高い」

瞬間、レンは嘔吐《おうと》した。

考えるより先に、体のほうが反応したのだ。

頭痛がする。鼻の奥で火薬の匂いが炸裂《さくれつ》した。だらだらと、止めどもなく涙が溢《あふ》れる。

軋《きし》むように、肺が痛んだ。ひゅーひゅーと、喉が情けない音を立てる。

失われた何かがレンに訴えた。それは心臓を殴りつけてくる。

そんなことを許せるはずがないと。

絶対に、絶対に、認めるわけにはいかないと。

「……ぐっ……あっ……っ、あっ……」

拳で、レンは意味なく床を殴った。指の皮が剝《む》け、血が滲《にじ》む。何度も何度も、彼は繰り返した。この行為は、意味のない自傷でしかない。それでも、止めることはできなかった。

その無様さを笑うことなく、アンネは続けた。

「私は最初から君に目をつけていたんだ。ユグロ・レーリヤの関係者で災厄の生き残り……何かあるかも知れないと思ったら、予想以上だったがね」

レンの顔を、アンネは覗き込んだ。猫のように、彼女は笑う。

「今見た通り、私の本来の戦い方は少々派手でね。君に補助を頼みたい」

何故、アンネは禁書を持っているのか。

それを制御することができるのか。

一体、何を目的としているのか。

一切をまだ語ることなく、アンネは告げた。

「代わりに、私が君の仇《かたき》をぶっ殺してあげるとも！」

TIPS.3

禁書について

禁書は世界を呪う書物である。

その存在は悪口にも使われるほどに世界に浸透している。

だが、実在はしないと言われている。

逆を言えば、実在してはならないのだ。

あることは許されない。

非実在であり、禁忌にすら至ってはならない。

存在しない存在。

それが禁書である。

だが、禁書の存在が今まで確認されたことはあると噂される。

それは■■地方での出来事であり、

詳細は■■■■■■■————————。

The Forbidden Girl of Grimoire Academy

CHARACTER.2

アンネ・クロウ

所有物語

- 炎属性
- 水属性
- 防衛属性

得意物語

- ?ョ??

禁書を己に集め、自在に使う存在。
禁書少女。多くの謎や秘密を抱えている。
だが、本人はいたって明るい性格で、
小悪魔的言動でレンを翻弄する。
苦手なものや怖いものは極端に少ないが、
辛すぎるものが食べられない。

The Forbidden Girl of Grimoire Academy

第五章　記憶、仇、禁忌を紡ごう

夜、『小鳩《こばと》』専用のボロい学生寮にて。

レンは木の天井を眺めていた。

学生寮は、『無限図書館』の外に建てられている。『無限図書館』は単なる魔術学園ではなく、あらゆる魔術師、魔力の行使を管理する場でもあった。それの建つ街は、驚異的なことに学園の所有だ。小国ともいえるほどの面積を、学園は有している。

結果、ひとクラスにつき、一区画が与えられていた。だが、『小鳩』クラス所有の区画面積は当然狭く、寮の立地も悪い。周囲には誘致された店舗などもなく、不便このうえなかった。建物も老朽化が進んでおり、部屋によっては雨漏りもする。

カビ臭い布団の中、レンは瞬《まばた》きをくりかえした。

頭の中では、ずっとひとつの言葉が渦を巻いている。

『代わりに、私が君の仇をぶっ殺してあげるとも！』

（俺はそんなことを望んでいるのか？　いや、人の死を望むことは、俺にはできない。俺という存在に、そんな強い思いを抱く資格なんてない……だが、）

あの災厄を起こした者が、なんの咎も負わずに生きている。そう聞いた時、レンの頭よりも早く体が反応した。今でも、彼の指には床を何度も殴りつけた傷跡が残っている。

許してたまるものかと、レンは叫ぶように思った。

絶対に、許してはならなかった。

あの災厄を起こした者を、生かしてはおけない。

自然と浮かんだ考えに、レンはハッと息を呑《の》む。

その時だ。

「レン氏ー。うるさいですぞー」

「ディレイか……声に出してはいないんだが」

二段ベッドの上から、声が降ってきた。ディレイの不機嫌な訴えに、レンはそう返す。

すると、当然のように、ディレイは応えた。

「声に出さなくとも聞こえてくるものですなー。何やらぐるぐるとお悩みの様子。しかも渦巻いておるのは黒い思念でありますな。いやはや、物騒、物騒」

「……お前、変なところで鋭いよな」

「ひっひっひっ、お褒めに与《あず》かり誠に光栄」

「褒めてねぇよ」

声を殺して、二人は会話を交わす。別のベッドで、誰かが盛大に寝返りを打つ音がした。イビキも絶え間なく聞こえてくる。その中で、ディレイは囁いた。

「忠告しておきましょうかね。夜に暗い思想は巡らせないことです。睡眠の足りない頭で物騒なことを捏《こ》ねくり回したところで、まともな答えなど出ますまい。今日は寝ておしまいにするがよかろうですぞ。明日には、レン氏らしい答えも出てきましょう」

真剣に、ディレイは語る。彼の声には、心底からの労《いたわ》りが覗《のぞ》いていた。『レン氏らしい答え』。その言葉に対し、レンは唇を嚙《か》む。そんなものが、果たして存在するのだろうか。

だが、彼の苦悩に気づいたのか、ディレイは歌うように続けた。

「レン氏は本来まっすぐな人物です。それをお忘れなきように」

「……ディレイ」

「なんです？」

暗闇の中でも、彼が首を傾《かし》げる様が見えるようだ。軽く唇を緩めて、レンは告げた。

「ありがとうな」

「まあ、こう見えて、私は友人想《おも》いですからなぁ」

くいっひっひっと、ディレイは不気味に笑う。

ああと、レンは思った。ベネやディレイと日常をすごしていると、時折、彼らを騙《だま》している気分になる。空っぽの人形が、人に紛れて一体何をしているのかと。だが、きっと、ディレイならば、レンの本質を知っても笑ってくれるだろう。そう、思えた。その時だ。うるせぇよ！　との叫びと共に、枕が飛んできた。ディレイは面白いほどに見事な直撃を受ける。どうやら、頭を起こしていたせいらしい。そのまま、彼はベッドから落下した。

瞬間、レンは見た。

ディレイが隣の男子生徒の足首を摑《つか》むのを。

巻き添えを喰《く》らって、もう一人が落下する。

パッと明かりがつけられた。

なんだどーした、てめぇ許さねぇぞ、この野郎、上等だかかってこいや！　そんな声が入り乱れる。部屋中は、枕が飛びまくる騒ぎと化した。流石《さすが》に本棚を開示する者はいない。

だが、拳もあり、ルール無用の乱戦の始まりである。

目の前で繰り広げられる騒動を見ながら、レンは考えた。それから、彼はうんと頷《うなず》く。

こういうのも、悪くない。

「よしきた、来い」

ベッドから、レンは飛び降りた。ディレイに加勢し、彼は暴れまくる。

どっしんばったんと家が軋んだ。埃《ほこり》が舞い、枕が舞い、人が舞う。

しばらくすれば、寮母の雷が落ちるだろう。

文字通り、魔術で全員が感電させられる道が待ち構えていた。

それでも、『小鳩』のこんな日常は楽しいのだった。

＊＊＊

「で、昨日、男子は寮母さんに怒られたって？　バッカでー」

「うるさいな。男には戦わなくちゃいけない時があるんだよ」

「そう言って月三で感電させられてるから、戦いの価値が低いんだよね、価値が」

馬鹿にしつつも、ベネは楽しそうに笑う。

目の周りに青痣《あおあざ》を作りながら、ディレイも満更ではなさそうだった。傷は治療属性の魔術を使える者に頼めば、すぐに消える程度のものだ。だが、ディレイいわく、喧嘩《けんか》の傷は残しておくのが男の勲章らしい。そこは、レンにはよくわからないこだわりだった。

その時だ。教室の入り口に銀髪の輝きが姿を見せた。アンネだ。起きるのが遅かったらしい。猫のように、彼女は欠伸《あくび》をした。眠そうに目をこする姿に、ベネが声をかける。

「アンアンおはよー」

「ああ、おはよう、ベネベネ」

「待った」

思わず、レンは制止をかけた。明らかにおかしな単語が聞こえた。急展開についていけない。だが、その間にも、女子二人はいぇーいと掌《てのひら》をぶつけ合っている。

何事かと頭痛を覚えながら、レンは尋ねた。

「お、お前ら。昨夜のうちに何があったんだ」

「いや、レンを賭けてカードで戦ったんだけどね？　そのイカサマ技術と何回負けても再挑戦を許してくれる度量に惚《ほ》れ込んださね。レンの隣は流石に譲れないけどさ。仲良くしてもいっかなーって」

「いやいや、ベネベネの負けても負けても食いついてくる姿勢はなかなかだったよ。その精神は私も見習わなければならないね」

「えへへー」

アンネの台詞《せりふ》に、ベネは嬉《うれ》しそうに笑う。そもそも、何故《なぜ》、人を勝手に賭けているのかとレンは聞きたかった。だが、仲が良くなったのならばよかったかと、彼は一応納得する。

その隣で、ディレイも深々と頷いていた。

「戦い、親睦を深め合う美少女達……よきものですなー。野郎同士とは華が違いますぞ、華が。心なしかいい匂いもします」

「単刀直入に死んで」

「ベネ氏のお望みとあれば」

「えっ、お前、死ぬの？」

レン達がそんな馬鹿げた騒ぎを続けている時だ。

ごほんっ……と切なげな咳払《せきばら》いの音がした。

しばらく恒例のごほっごほっ、げっほんおっほんが続く。

皆が静かになると、アマギスは教壇に本を置いた。改めて、彼は口を開く。

「……昨日の暴走事件では、先生は大した活躍ができなかったですよね？」

「いきなり暗い」

「そんなことないとも。現に鳥の王を倒してくれたのは先生の魚の王だったじゃないか！」

元気よく、アンネが励ました。よくもまあ、流れるように嘘《うそ》をつくものだ。そう、レンは呆《あき》れる。だが、アンネの言葉で、アマギスは少し気を取り直したらしい。

ぽつぽつと、彼は報告を続けた。

「えー、暴走した上級生は未《いま》だ精神錯乱中で、話が全く聞けません。元々、この学園では物語による事故も、居合わせた者達による対処も日常茶飯事ですからね……先生、そういうとこどうかと思うんですけどね。今回も特に協力してくれた、リシェル君に加点が入って終了ですよ……先生には何もありませんね……頑張ったのに」

「そりゃ……先生ですからね」

呆れながらも、レンは言う。しばらく口髭《くちひげ》を弄《いじ》りながら、アマギスはいじけた。だが、なんとか踏ん切りをつけたらしい。全員の顔を見回しながら、彼はしみじみと言った。

「皆さん、無事に鳥の王から逃げられて何よりでした」

正確には、レンとアンネは逃げられていない。二人は取り残されたのだ。だが、ベネ達と別れた後、二人は別ルートで無事講堂から脱出を果たしたということにしてあった。

その後、魚の王が鳥の王を倒した。

応援が来た時、すでに現場には誰もいなかった。

――そういうことに、なっている。

本当は、アンネが鳥の王を倒した後、二人はバレないようにこっそりと皆と合流したのだ。その事実を反芻《はんすう》しながら、レンは思う。

アンネがいなければ、被害は更に拡大したことだろう。だが、それを誰かに言う気は、彼には当然なかった。もしもそうすれば、彼女は困るだろうとわかりきっているからだ。

（結局、あの力はなんだったのだろう）

ペンを回しながら、レンは考える。アンネは『禁書』と言っていた。レンの感覚も、アレは『世界を呪う』書物だったと告げている。ならば、間違いはないのだろう。

アンネは禁書を使えるのだ。

煽情的《せんじょう》で挑発的なドレス姿。

鍵を胸に挿し込む姿。

禁書を詠唱する姿。

様々なアンネの姿が、瞼《まぶた》の裏に蘇《よみがえ》る。

詳しく聞くべきことは山のようにあった。

混乱しながら、レンは軽く唇を噛む。

「えー、ではですね。本日は初級の水、風、炎、土、のいわゆる四大属性といわれる物語について、お話をしていきますね」

アマギスは授業に入った。

その声を遠くに聞きながら、レンはアンネの横顔を睨《にら》んだ。

彼女は彼の視線に気がつく。ぱちりと、アンネはお茶目《ちゃめ》に片目をつむった。

そういう反応をするなと、レンは思った。

＊＊＊

「ズバリ聞く、お前は何者なんだ？」

「私は禁書の生きた書庫……そうだな。禁書少女とでも自称しようか？」

アンネはスカートの裾を摘《つ》まんだ。そのまま、優雅な礼を披露する。

そして、彼女は微笑《ほほえ》んで続けた。

「私はそういう存在だ。そう、思ってくれて構わないよ」

今は昼休みだ。

ベネとディレイの一緒に昼食を摂《と》ろうという誘いを振り切り、レンはアンネを連れ出していた。場所は鍵のかかる空き部屋だ。中に先客がいないかの確認は、既に済ませてある。

そうして、二人は語り始めたのだが――アンネの言葉に、レンは首をひねった。

「すまん。まるで意味がわからん」

「要するに、私は禁書を集め、保管をする『ためだけの』存在なのさ。生涯をかけて、それを為《な》すことが目的の一族に生まれついている」

さらりと、アンネは語った。彼女の言葉に、レンは衝撃を覚える。

禁書は、文字通り『禁じられた書物』だ。発見次第、持ち主は処刑される。そのはずだ。

まさか、それを集める一族がいるとは思いもしない。

己の髪を弄りながら、アンネは滑らかに語った。

「保管の傍《かたわ》ら、我々は禁書研究も進めていてね。アレは呪いの塊だが、それぞれの法則さえ読み解ければ扱うことはそう難しくはない。まあ、衣装を変える必要があるほどに膨大な魔力は使用するけどね。私が禁書を扱えること自体はこの通り単に先人の研究の成果だ」

謎でもなんでもないとも、と、アンネは腕を広げた。レンは考える。

「それじゃあ、別の……もっと根本的なことを問いたい」

「なんなりと」

「何故、お前の一族は……アンネは、禁書を集めているんだ？」

その問いかけを、レンは緊張と共に吐き出した。

何せ、禁書を収集する目的など、彼にはロクなものが思いつかない。だが、アンネは何故か優しい顔をした。紅の目を柔らかく細めて、彼女は囁《ささや》く。

「安心してくれていい。私は禁書をただ集めるだけの存在だ。やむをえず使用することもあるけれどもね。私はどちらかと言えば正義の味方だ。信じて欲しい」

「街、ひとつ滅ぼせるような力を何冊も手にしているのに、か」

「禁書の中にも、弱いものはあるよ。だが、そうだな」

アンネは考え込んだ。そして、彼女は爆発属性の魔術にも似た衝撃を落とした。

「私の持つ禁書だけでも、力を一斉解放すれば世界の三分の一くらいは壊せるだろうね。もっとも、一斉解放できるような術師はいないだろうけれども」

ためらいなく、アンネは口にした。それはあまりにも危険な事実だ。

計るように、レンは彼女を睨んだ。アンネは微笑みを返す。再び、彼女はスカートの裾を摘まんだ。膝を曲げ、アンネは上品な礼をして囁く。

「ほら、だから、私自身は人でなしだが、正義の味方だ。悲劇を防ぐためだけに、私は禁書を自身に集めているのさ。そこを疑って欲しくはないね」

「証明はできるのか？」

「私が禁書で、この『無限図書館』を滅ぼしていないことが現時点では一番の証明かな？」

アンネの言葉に、レンは頷《うなず》いた。彼女の隠された本棚には、黒い書籍が多数並べられていた。あれらが全て禁書ならば、中にはそれだけの力を誇る本があってもおかしくはない。

アンネはその力の大半を使うことを自身に禁じているようだ。

少なくとも、現時点では。

目を閉じ、レンは考える。彼には己というものがない。だが、今はそれに頼るしかなかった。熟考の末に、彼は勘を信じることとした。

「わかった。お前が悪意を持って、禁書を集めていないことは認める」

レンはそう告げた。深刻な害意は、アンネからは感じられない。彼はそれに賭けることにした。にんまりと、アンネは嬉しそうに唇を歪《ゆが》めた。両手を組んで、彼女は頷く。

「うんうん、わかってもらえて嬉しいよ、少年」

「『少年』呼びは止《や》めろ」

「嫌だよ、君には似合うからね」

「意味がわからん。それともうひとつ聞きたいことがある」

「何かな？」

アンネは小首を傾《かし》げた。

すうっと、レンは息を吸い込む。低い声で、彼は尋ねた。

「俺の仇《かたき》をぶっ殺すとはどういう意味だ？」

「そのままの意味だけれども？」

当然のごとく、アンネは物騒なことを告げた。反対側に、彼女は首を傾げる。

制服の袖口を揺らしながら、アンネは腕を広げた。

「何せ、禁書をあんな風に使った危険人物だ。禁書の被害を防ぐ者としては生かしてはおけない。被害者にして、唯一の生存者の少年もそう思うだろ？」

唯一の生存者。

その言葉に、レンは視界がぐらりと揺れるのを覚えた。

故郷が滅ぼされた時のことを、彼は何も覚えていない。それでも、やはり吐き気は込みあげた。それは彼の根幹に関わる出来事だ。そう、そこでユグロ・レンという存在は……。

（落ち着け、深くは考えるな）

必死に、レンは唾を呑《の》み込んだ。なんとか、息を整える。

数秒迷った末に、彼は昨夜から考えていたことをアンネに告げた。

「却下だ。俺は仇の死を望んではいない……正確にはまだ望める段階にはない」

「そうなのかい。意外だな」

「ただ、俺は仇に会いたいと思う」

強い意志を込めて、レンは言った。アンネは口元を歪める。軽い口調で、彼女は尋ねた。

「何故《なぜ》だい？　会って、楽しくお喋《しゃべ》りでもするのかな？」

「そんなようなもんだ。俺はそいつが何故、街を滅ぼしたのか、何が目的だったかを聞きたい……殺すも生かすもそれからだ」

最後は低く、レンは呟《つぶや》いた。人を憎悪で殺す。それほどの強い意志と感情を、彼は持てない。だが、実際に話してみればその時は答えが出るだろう。そう、レンは確信していた。

白銀の髪を揺らして、アンネは頷く。彼女はレンに問いかけた。

「君がそれを望むのならば対処は捕縛に変えよう、少年。どちらにしろ……君は仇を捕まえるまでは、私に協力してくれる。それでいいね？」

「ああ。いいだろう」

レンは応えた。だが、彼は疑問をつけ加える。

「でも、なんで。お前は俺の力を望むんだ？」

「君の仇はあの災厄を起こした後、一時捕縛された。だが、何事もなかったかのように、この学園に在籍している。つまり……」

アンネの言葉に、レンはまさかと目を見開いた。信じられない思いで、彼は呟く。

「その存在を把握し、手引きした教師がいる……そういうことか？」

「そう。しかも相手は権力者だ。つまりは、大魔法使いだろう。そいつは禁書の存在を知っている。そして、『何か』目的をもって、禁書利用者を側《そば》に置いている。いつか、私とは戦いになるかもしれない」

アンネは不吉な予想を落とした。

戦いになった時、勝てるのかとレンは思う。だが、相手が仇を側に置いている以上、アンネを守り、勝たなくてはならないのだろう。あまりにも予想外の話に彼は眩暈《めまい》を覚える。

目を閉じ、開き、アンネは続けた。

「そうでなくとも、禁書を集めていく過程での対人戦は避けられない。強い相棒が必要だ……また、私は禁書の使用ができない状況下ではほとんど無力でね。いきなり狙われた時に、代わりに相手をしてくれる人間も必要なんだよ」

深く、レンは眉根を寄せた。あー、と声に出しながら、彼は自身の髪を掻《か》く。

やがて、レンは嫌そうな声で言った。

「それって、俺にかなり危険な役割を求めてないか？」

「だから言ったろ？　私は人でなしだって」

悪びれもせずにアンネは応える。レンは頭を抱えた。だが、彼に断る選択肢はない。

仇のことを耳にした瞬間から、この話を蹴る気はレンの中から失われていた。学園を相手取る必要性をちらつかせられてすら、そうなのだ。彼のないはずの記憶が叫ぶのだった。

真実を知りたいと。

何故あんな悲劇があったのか、教えてくれと。

砂漠で水を求めるような衝動は止める術《すべ》がない。

それを読んでいるかのように、アンネは続けた。

「君は断らないだろうがね。そもそも、断らせないよ」

「なんだって？」

「もう君は逃げるのならば知るべきでないところまで足を踏み入れた。君が覗《のぞ》いているのは禁断の領域。世界の裏側だ。まだ、そこまでの覚悟はないようだから告げておこうか？」

まっすぐにアンネはレンを見つめた。そのまま、彼女は歩み寄ってくる。

アンネはレンの顎に指をかけた。口づけをするかのように、彼女は囁く。


「少年、共に禁忌を紡ごうか」


この扉を開いた者は、二度と出ることなど叶《かな》わない。

そう囁いて、アンネは再びとびきり美しく微笑んだ。

TIPS.4

女子寮

アンネとベネの住処。

男子寮と同じ区画内にある。

だが、男子寮よりも建物は整備されており、備品も揃っている。

明確な差別だと、男子内から定期的に

訴えが起こされているが、その度、寮母からの雷で

うやむやにされてきた歴史がある。

アンネとベネは仲良くなって以降、

他の女子と交渉を行い、

上下のベッドに変えてもらった。

また、アンネは定期的に他女子への買収を行い、

寮からの脱出が容易になるよう工作を

欠かさず行っているという。

第六章　表向きの平穏と、作戦

自分は開けてはいけない扉を開けてしまった。

アンネの言葉に、レンはそう衝撃を受けた。

同時に、彼は痛いほど理解した。

今まで、辛うじて保ってきた平穏が崩れつつある。だが、そのことに、レンは奇妙な安《あん》堵《ど》を覚えてもいた。伝説の『修復師』レーリヤに拾われた時から薄々わかっていたことだ。


彼女の下で実戦訓練を積まされていた時ですらレンは感じていた。いつか『こんな生ぬるい』平穏には致命的な罅《ひび》が生じるだろう。そう彼は意識的、無意識的に覚悟をしてきた。

ベネ達の側で、日常を送っている時も本当はわかっていたのだ。


何もかもを、自分は偽っている。


禁書の登場はついに来た幕開けだった。

逃げ続けてきたものに、追いつかれた。

レンにはそう思えてならなかった。

今までずっと、ずっと目を逸《そ》らしてきた、過去の傷と、残された現実が眼前に晒《さら》される。

その日が、大口を開けて待っているのだ。

だが、表向きにはまだ平穏が続いていた。

＊＊＊

二人は空き教室から『小鳩《こばと》』へと戻った。

「これで、どうかな？」

「いやはやしかし……うーん」

教室の席ではベネとディレイが真剣な表情で向かい合っている。彼女達の中心には一枚の紙が置いてあった。そこにはディレイの丸文字で――彼の書く字は外見や性格に見合わず異様に可愛《かわい》いとベネには大不評である――『検討・ベネ氏の必勝法』と書かれている。

顔をあげて、ベネはレン達に声をかけた。

「お帰りー。どこに何しに行ってたのさ？」

「ちょっと、やらしいことをしにね」

「いきなり凄《すご》い嘘《うそ》をつかれた」

「詳しく」

「開示！」

「ディレイは興味を持つな。ベネは戦闘態勢に入るな。全方面、落ち着け」

「いやはや、少年があそこまで大胆とは思わなかったよ……」

「お前も火に油を注ぐな」

がるぐるがると、ベネは唸《うな》る。レンはそれをどーどーと落ち着かせた。

一方で、ディレイはメモを取る準備を進めている。その額を、レンは問答無用で叩《たた》いた。

アンネにも頭に拳を食らわせておく。銀髪を押さえて、彼女は訴えた。

「痛いなー。女の子に手を上げるのは、褒められたことじゃないよ、少年」

「お前が自分の価値を下げるような嘘をつくからだ。いいか、よく聞けよ？　女の子はそういうことを言うんじゃない」

「はっはーん。さては少年。やらしいネタが完全にダメな超お堅いタイプなんだな？　それは、いいことを聞いた」

両腕を組み、アンネは何故か大きく胸を張った。険しい顔で、レンは眉根を寄せる。

「何を企《たくら》んでるんだ、何を」

「その心、私が情熱的に溶かしてあげようじゃないか！　イタッ！」

「だから、女の子がやめろ」

「えっ？　これもダメ？　うっそぉ」

「……レンはそういうところ、超厳しいよ」

ベネがアンネに囁《ささや》く。厳しくないと、レンは応えた。不機嫌に彼は席に着く。

そして、レンは二人の、何やら作戦らしきものが書いてある紙を覗き込んだ。

「で、なんだ、これ？」

「レンも知ってるでしょ？　今度、一年生の交流お茶会があるじゃん？」

「ああ、あの、中庭の広場に全員を押し込んで飲み食いもするっていう、ちょっと無理あるんじゃないか、ってやつか」

「そう、その無理あるやつ」

「敷地の魔術的拡張は行われると思いますがな」

「行われなかったら、ちょっとおもしろい光景になるよな」

「だよねー」

ベネは笑う。レンは頷《うなず》いた。想像したのか、アンネもふふっと声を漏らす。

で、と、ベネは話を続けた。

「そこで、希望者は交流戦に出られるじゃんね。『小鳩』からの出場者が、一勝でもできたらかっこいいかなーって」

紙を掲げ持って、ベネは唇を尖《とが》らせた。確かにと、レンは頷く。『小鳩』は全クラスから馬鹿にされている存在だ。一勝でもできれば栄《は》えるだろう。更に、レンは言葉を続けた。

「まあ、俺達の中でその可能性があるのはベネだけだな」

「でしょ？」

尖った歯を見せてベネは笑った。ああと彼は頷く。正確にはレンは対人の魔術戦ならば負けなしだ。だが、能力の特異性から交流戦に出られるはずもない。アンネも同様だろう。

だが、ベネは彼女に声をかけた。

「アンアンは？　出ないの？」

「私の持つ物語は『炎属性』、『水属性』、『防衛属性』だけだからね。勝てるわけがないよ」

流れるように、アンネは嘘をつく。レンはため息を嚙《か》み殺した。ベネは唇を尖らせる。

「えー、バランスいいじゃん！　出たら意外といけるかもよ？」

「どれも弱い物語だ。上手《うま》くはいかないよ。それより、ディレイ君は出ないのかい？」

「私は防衛と呪い以外の精神干渉を持っておりますが、攻撃の手段はないに等しいもので」

「呪い以外の精神干渉？　結構、希少な属性じゃないか？」

何故《なぜ》、『小鳩』にいるのかと、アンネは目を細める。

悲しい面持ちで、ディレイは首を横に振った。

「残念ながら、『子供の頃の悲しいことを思い出させる』という、わけがわからないうえに弱い効果の物語でして……」

「特異性はあるから、入学は認められたパターンだよね」

ベネはため息を吐《つ》く。ディレイと彼女はそこが同じだった。更に、レンも特異な入学をした生徒だ。その縁で、三名は仲良くなってもいる。特にベネとディレイが、積極的にレンに声をかけてくれたのだ。それで無事に、レンはクラスの中へと溶けこむことができた。

承知したと、アンネは頷いた。だが、彼女は言葉を続ける。

「それでも面白い物語だ。磨きようによってはクラス昇格もありうるんじゃないかな？」

「いやあ、私は『小鳩』が気に入っておりますからね。くひひ」

「最後の怪しい笑いが余計だよねー」

ベネは彼の脇腹をこづく。くひひひひひと、ディレイは更に怪しく笑い続けた。

そのまま、昼休みが終わるまでの僅かな時間、四人は会議を続けた。いかにして、ベネを勝たせるか。レンの意見を中心に、方針はまとまっていく。やがて、結論は出た。

「これでいいね！」

「ああ、完璧だな」

「いやはや、楽しみですぞ」

「いい結果になるといいね」

そこで、アマギスのごっほんげっほんが始まった。

授業を受ける体勢に移りながら、ベネはレンに囁いた。

「お茶会、楽しみだね！」

ああと、レンは頷く。

だが、彼の中では禁書にまつわる不吉な予感が渦を巻いていた。

（俺は全てをごまかして、『ないものがあるように見せかけて』、日々を繋《つな》いできた。それはいつか、絶対に壊れる。そう、知っていたんだ。だから、これから先……）

平穏は粉々に砕けるのではないか。

彼には、そう思えてならなかった。

CHARACTER.3

ベネ・クラン

所有物語

◆変身属性

得意物語

◆変身属性

己の物語の影響で、
常に獣耳の生えている少女。
身体能力は高い。が、それだけ、
なので落ちこぼれである。
元気いっぱいで、仲間への情が厚い。
レンのことを心から慕っている。
怖いものや苦手なものはいっぱいある。

The Forbidden Girl of Grimoire Academy

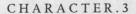

第七章　交流会と、伴侶宣言2

レンの予感に反して、日々は穏やかにすぎた。

相棒となることを求めながら、アンネも特に何も言ってこない。何を考えているのか。逆にレンは不安を覚えた。だが、問いつめるわけにもいかない。

何事もなく、『小鳩』での日々はすぎていく。

そうしてレン達は無事にお茶会の日を迎えた。

＊＊＊

『無限図書館』の中庭は、巨大な建物の中央部に設けられている。

広場を囲む植木は幾何学的な形に刈り込まれ、迷路状に伸びていた。それは、そこかしこに生徒達の隠れ家的スポットを生み出している。日頃、生徒達は迷路で憩いの時間を取っていることが多かった。だが、今回の茶会と交流戦で、主に使われたのは広場のほうだ。

長いテーブルがいくつも用意され、立食形式で摘《つ》まめるよう茶やジュース、菓子に軽食の類が並べられている。更に、繊細な模様のクロスや花々の籠で飾りつけが施されていた。

『無限図書館』は城のごとく広大だ。だが、その中庭の広場とはいえ、本来、一学園の生徒達が全員集まって好きに行動できるほどの面積はない。

しかし、現在、生徒達は自由に動き、歓談をしていた。

一年生しか入れないようにされた空間は、魔術で拡張されている。

違和感こそ覚えないものの、現実の面積とはズレがあった。教師陣の中でも、大魔法使いの持つ物語は特異で有用だ。彼らは空間にすら影響を及ぼす。その恐ろしさをまざまざと感じながら、レンはクッキーを手に取った。昨日聞いた話を、彼は反芻《はんすう》する。

教師陣の中に、レンの仇《かたき》を招き、側《そば》に置いている者がいる。

それは一体誰か。

どんな魔法使いなのか。

苦い事実と疑問を、レンは噛み締めた。一緒に、彼は甘い菓子を呑《の》み込む。

(それが事実だとして……勝てるのか？　俺は。教師を相手にして)

アマギスならば降《くだ》せる自信はある。だが、彼も『無限図書館』の教師なのだ。何か隠し球を持っている可能性は否定できない。楽観視は禁物だった。

教師と一対一になった時は、『誰一人として勝てない』くらいの心持ちでいるべきだろう。そもそも、学園という巨大勢力を相手どっての戦闘など想定もしたくなかった。

ガシガシと、レンは頭を掻《か》く。

その時だ。後ろから、彼は声をかけられた。

「やあ、旦那様。何を悩んでいるのかな？」

「突き詰めればお前のことだよ、奥様」

「おや、ノってくれるのかい？　意外だな。つまり……君は仇のことについて考えていたわけだ、少年。違うかな？」

囁きながら、アンネは近づいてきた。彼女は二種のチーズが挟まれたサンドウィッチを軽やかに摘まむ。何か言おうとアンネに向き直り、レンは瞬《まばた》きをした。

彼女の銀髪には紅《あか》い花飾りが追加されていた。お茶会においては、多くの女子生徒が装飾品を身につけている。元々、服装の規定が緩いこともあり、教師達もそれを黙認していた。だが、アンネも着飾るとは、レンは予想していなかった。

レンの視線に気づいたらしい。軽く、アンネは花飾りに触れた。

「ああ、これならべネべネにつけられたんだ。彼女とお揃《そろ》いだよ。いい子だねべネべネは」

「アイツは、俺の友達でいてくれるのがもったいないくらいのいい奴《やつ》だ」

「うんうん、君の友達でいること自体は、別にもったいないとは思わないがね。ベネベネがいい奴だというのは賛成だ。本当にそうだとも」

しみじみと、アンネは頷く。呑気《のんき》な彼女に、レンは尋ねた。

「それより……仇のことは」

「焦らない方がいい。彼、あるいは彼女が学園に入ったこと以外は何もわかっていないんだから。生徒の可能性が高いが、果たしてそれが本当かも定かではない。簡単には見つかりはしないだろう」

語りながら、アンネは脚の細いグラスを手に取った。中に入れられたハーブティーを、彼女は一気に飲み干す。カラン、と魔術で生み出された氷が揺れた。

グラスを手で弄びながら、彼女は囁《ささや》く。

「気長にいこう。それよりも、ね……先に、他にも禁書を隠し持っている人間が見つかる方が早いだろう」

「なんだって？」

アンネや仇の他にも、禁書を持つ人間がいるのか。

レンはそう尋ねる。だが、無言で、アンネは指を伸ばした。彼女は彼の唇に触れる。口づけるように輪郭を強くなぞって、アンネは目を細めた。声を殺して、彼女は囁く。

「これ以上はまだ駄目だ。人が来るしね」

「レン氏ー！　アンネ氏ー！」

　特徴的なインバネスコートを揺らしてディレイが駆けてきた。何故か、彼は女生徒でもないのに花飾りで胸元を彩っている。百合《ゆり》の香りを漂わせながら、ディレイは言った。

「そろそろ、ベネ氏の戦いが始まりますぞー」

「ああ、そうか。それじゃ、応援しに行かなくちゃな」

「少年の言う通りだとも。行こうか！」

　レンの言葉に、アンネが同意する。

　そして三人は、交流戦の舞台へと向かった。

＊＊＊

「さーあ、次なる対戦はなんと『小鳩《こばと》』からの参戦だ！　脆弱《ぜいじゃく》なる無謀者は果たして『雲雀《ひばり》』の生徒に勝てるのか？　ベネ・クラン対ダンリー・デネブ！　いざ、尋常に！　鮮烈に！　魔術戦を始めよう！」

　実況の生徒が、張りのある声を響かせた。

彼は教師から借りた音声増幅の魔道具を手に、熱意を込めて喋《しゃべ》っている。広場に即席に設けられた舞台の周りには、多くの人間が集まっていた。既に歓声と野次《やじ》があがっている。

人波を押しのけながら、レン達は舞台の間近に立った。

対戦相手を指して、ディレイが言う。

「相手は『雲雀』所属の生徒ですか。運がいい方ですな」

「ああ交流戦の対戦カードは完全にランダムだ。いきなり『鴉《からす》』に当たる可能性もあった」

レンはそう頷《うなず》く。だが、『小鳩』と『雲雀』では本七冊分以上の実力差があった。油断はできない。しかも、ベネは本を一冊しか持っていないのだ。

だが、一勝できればいい。

そう、ベネとレン達は決めていた。

「まずは両選手の入場だーっ！　皆様、拍手でお迎えください！」

蜂蜜色の髪を揺らして、ベネが舞台に立った。彼女はいつも通りに蒼《あお》い花飾りを獣耳に飾っている。アンネと揃いの品だ。大きく手を振り、彼女は三人に向けて片目をつむった。

対するデネブは、腕を組んでいる。あからさまに、彼はベネを舐《な》めきった顔をしていた。

それでいいと、レンは頷く。

『小鳩』への侮り。

それこそが、ベネにとって一番必要なものだ。

「さー、では、勝負、開始！」

実況の生徒が叫ぶように言う。

瞬間、二人の声が重なった。

「開示！」

「開示！」

両者共に、己の本棚を展開させる。ベネのそこに本は一冊しかない。相手は八冊だ。

金髪を後ろになでつけた生徒――デネブは嘲りの表情を浮かべた。

両腕を大きく開き、彼は叫ぶ。

「能無しの『小鳩』が何しに来た！　テメェらは表舞台に出てこずに引っ込んでろ！」

「へー、そういう態度を取る？」

ベネが目を細めた。不機嫌に、彼女は唇を舐める。

一方で、観衆のほとんどはデネブに賛同の声をあげた。『無限図書館』は基本実力主義だ。『小鳩』への風当たりは強い。それに調子づいたのか、デネブは鼻を鳴らして続けた。

「なんでも、そっちには今年、コネでようやく入学した落ちこぼれ野郎もいるって話じゃねぇか。学園の面汚しだよなぁ。俺達、まっとうな生徒の前に、獣耳持ちもツラを晒《さら》してんじゃねぇよ」

「……私のレンを馬鹿にしたな。しかも獣耳持ちって言ったな」

怒りを込めた声で、ベネは囁く。ぴくりと、彼女は獣耳を揺らした。

観衆の笑い声が響いた。その中で、数名の『小鳩』生達が叫ぶ。

「やっちまえ、ベネ！」

「ぶちかませ！」

「いっけぇええええええっ！」

わずかな声援の中、デネブはハッと乾いた笑いをあげた。指を立てて、彼は言い放つ。

「『小鳩』が『雲雀』に勝てるんならやってみろよ、能無しが！」

「やってみせるよ！　大口叩《たた》いたこと後悔すんなよ！」

ベネは叫んだ。彼女とデネブは同時に本を手にする。

ページが開かれた。高らかに、互いの詠唱が始まる。

「『砂漠に雨が降る。百年もの間、待ち侘《わ》びた雨が。民はそれを歓迎し……』」

「『人狼《じんろう》は月に吼《ほ》えた！』」

一文だけ叫び、ベネは本を放り出した。先端だけが変化した足で、彼女は駆け出す。

ぎょっと、デネブが目を見開いた。レンは頷く。

全ては、彼がこうするといいと教えた通りだった。

変身属性が軽んじられている背景には、一定の詠唱を行わなければ完全変身ができず、応用が利かせづらい点。変身以降は人語を発せず本を読めない点の二点がある。

後者を問題にするには、ベネはそもそも変身属性以外の本を持っていない。

そして、前者は彼女ならば短縮することができた。

ベネは物語の制御ができず、日頃から身体能力が向上し、獣耳が生えている。ならば、完全変身を行わずとも少しの詠唱だけで身体能力を十分なラインまで高めることができる。

交流戦は、両者、必ず魔術を使用しなくてはならない。

そして、相手が変身属性の使い手である以上、必ず完全変身してから挑んでくると相手は考える。そこが仇《あだ》になった。手足だけを変換した状態で、ベネは恐ろしい速度で走った。

彼女は床を蹴る。狼《おおかみ》のしなやかさで、ベネは相手の懐に飛び込んだ。

デネブは慌てて自分の詠唱を終えようとした。だが、間に合わない。

ベネは彼の首根っこを掴《つか》んだ。そのまま、彼女は彼を舞台に叩きつける。

「ぐあっ！」

「はい、もう詠唱できないでしょ？　私の勝ちね？」

それでも、デネブはなんとか逃れようと暴れた。だが、ベネの獣の手に押さえられ、全く身動きが取れない。蜂蜜色の目を光らせて、ベネは尋ねた。

「実況？」

「し、勝者『小鳩』のベネ・クラン！　『小鳩』が『雲雀』に勝ったああああ！　いや、見事な一戦でした！　皆様、盛大な拍手を！」

『小鳩』の面々の歓声が響いた。まばらに、渋々といった拍手が鳴る。納得のいかない罵声やデネブへの野次が、一番多く飛んだ。

ベネはデネブを放す。彼は悔しそうに、床を殴りつけた。だが、判定はもう覆らない。

「凄《すご》いぞ、ベネ！」

「お見事でした！」

レンとディレイは惜しみない拍手を送った。このために胸に挿していたのか、ディレイが気取った様子で百合を投げる。ベネは空中でそれを受け取ると、自身の胸に飾った。

今回のは、特性を活《い》かした奇策だ。次戦からは対策を取られて勝てないだろう。

そうわかってはいるが、今はベネはふふんと笑った。

彼女は舞台から飛び降りる。レンは両腕を広げて、ベネを出迎えた。

勢いよく、彼女はレンに抱き着く。その頭を、彼はくしゃくしゃと撫《な》でてやった。

「やったな、ベネ！」

「流石《さすが》ですぞ、ベネ氏！」

「素晴らしかったよ、ベネベネ」

「へっへー！　レンの作戦のおかげなのだ」

照れたように、ベネは笑った。その獣耳は嬉《うれ》しそうにぴこぴこと動いている。

続けて、ベネはアンネに抱き着いた。二人はきゃーっと回る。次は……と、ディレイは腕を広げて待ち構えていた。だが、ベネは彼を華麗に無視した。彼女はレンに向き直る。

蜂蜜色の目を見つめて、レンは言った。

「あと、ありがとうな」

「ん？　何が？」

「俺への悪口も怒ってくれて」

「えへへ……だって私、レンのこと大好きだかんね」

当然だよー、とベネは笑う。彼女の笑みはただ眩《まぶ》しい。屈託なく、自分を慕ってくれる子犬のような表情にレンは僅かな胸の痛みを覚えた。ベネの頭を、彼はもっと強く撫でる。

四人がそうして戯れている時だ。

別の『小鳩』の生徒がベネに声をかけた。交流戦の手伝い要員でもある彼女は言う。

「ベネーっ！　凄かったんだけど、一戦を勝った人は二戦目があるから舞台袖に移動！」

「そうだった！　んじゃね、負けてくるー！」

「おー、行ってこい」

レン達は彼女に手を振る。

ベネは元気に駆けて行った。

宣言通り、彼女は次で負けた。だが、ベネに勝利した生徒も次で脱落する。

強い生徒がどんどん絞られていった。

やがて、一年生の頂点には誰もが予想した姿が佇《たたず》んだ。


アマリリサ・フィークランド。


「おめでとうございます！　今回の交流戦の勝者は、アマリリサ・フィークランド！　いや、見事な勝利でした！　皆様、盛大なる拍手を！」

興奮冷めやらぬ様子で、実況が叫んだ。金髪の才女の頭の上には、勝利の花冠が載せられる。飾られたアマリリサは、女神のように美しかった。惜しみない歓声と、拍手が沸く。

その中で、彼女は辺りを見回した。

「それでは、お言葉をお願いします」

勝者の一言を、アマリリサは求められる。音声増幅の魔道具を、彼女は大人しく受け取った。すうっと息を吸い込み、アマリリサは語りだす。

「皆さんに、お伝えしなければならないことがあります。私、アマリリサ・フィークランドは決闘の申し出と共に、今までいくつもの交際の申し込みをいただいてきました」

全員がなんだそれという顔をする。

特に女子は自慢かと眉をしかめた。だが、空気を読むことなく、アマリリサは続ける。

「ですが、今後は全てをお断りいたします。理由はひとつ」

再びアマリリサは息を吸い込んだ。

翠《みどり》の目を輝かせ、彼女は宣言する。

「私は伴侶となるからです。そこにいる、ユグロ・レンの！」

周りは騒然とした。まるで爆発属性の物語を誰かが唱えたかのようなにぎやかさになる。

ベネは卒倒しかけ、ディレイは処刑ですなと頷き、アンネは口笛を吹いた。

その中で、レンは一番愕然《がくぜん》としていた。

平穏、日常、異物と排除されない日々。

そんな言葉が、別の意味で壊れていく。

「……なんで、こうなった？」

彼の困惑の呟きは、人々のざわめきの中に呑《の》み込まれて消えた。

TIPS.5

精神干渉属性

基本は呪いである。

呪いの物語のみを代々受け継ぎ、

呪術師を名乗る一族も数多い。

彼らは己の背負ってきた「負の物語」に自信を持つ者が多く、

基本、人との関りを嫌う。

「無限図書館」内にもいる呪術師の家系の生徒は

「呪い持ち」と称される。

精神干渉属性の物語で、

呪い以外の効果を持つものは貴重であり、重宝される。

だが、効果が限定的すぎるものがほとんどであり、

学内評価は高いようで低い。

それでも、使いかた次第で化けるものが多く、

その本を欲する者は多い。

CHARACTER.4

アマリリサ・フィークランド

所有物語

◆ 複数

得意物語

◆ 氷属性

入学試験において
歴代最高得点を叩き出した才女。
同時に、才能を隠すことを知らない
迂闊者でもある。レンの伴侶を自称する。
心優しく、正義感が強い。
怖いものや苦手なものはないと
言い張っているが無理がある。

The Forbidden Girl of Grimoire Academy

第八章　説得と、第一の事件

「むむっ、何やら殺気を感じます。えーっ、私の未来の旦那様に危害を加えた輩《やから》に関しては、このアマリリサが全力で潰し、すり潰し、叩き潰しますので、そのつもりでお願い申し上げます。以上です」

ぺこりと、アマリリサは頭を下げた。何事もなかったかのように、彼女は魔道具を実況に返す。途端、ざわめきは更に爆発的なものに変わった。また、全員の視線がレンに突き刺さる。痛いと、レンは思わず呟《つぶや》いた。物理的な激痛さえ感じられる気がする。

次々と驚きと嘆きの声が、彼の耳を打った。

「ユグロ・レン……コネ入学した奴《やつ》かよ！　嘘《うそ》だろ？」

「最弱の『小鳩《こばと》』在籍の伴侶ってなんだよ？」

「嘘でしょ……嘘って言ってよ、アマリリサ！」

今動かなくてはまずい。『小鳩』のクラス以外での悪目立ちは問題だが、何も反応しない方が大変なことになる。注目され続けては彼の本質に気づく人間も現れるかもしれない。

そう判断し、レンは悲鳴の中を咄嗟《とっさ》に行動に移った。彼は舞台に駆けあがる。戸惑っている実況から、レンは音声増幅の魔道具を奪い取った。そして、彼は大声で宣言した。

「アマリリサはああ言っているが、俺には学園一の才女を伴侶にするなんてことはとてもできない。みんな安心して欲しい！　以上だ！」

少しだけ空気が緩んだ。やはりなという反応が場を満たす。

心の中で、レンは必死に冷や汗をぬぐった。だが、その中で、鋭い声をあげる者がいた。

他でもない、アマリリサだ。

「何故《なぜ》？　何故ですか、ユグロ・レン！」

当人に問われては場を鎮静する効果が薄くなる。

レンは額を押さえた。思わず、彼は本心を叫ぶ。

「どうしたもこうしたもあるか！　いきなり伴侶になるとか言われても困るだけだ！　頼むからやめてくれ！」

「そうですか……そう言えば説明をしていませんでしたね。こちらへ」

アマリリサは、手を差し伸ばした。レンを招き、そのまま、彼女は動きを止めた。どうやら、アマリリサはレンが来るのを待っているらしい。このままでは、彼女は待ち続けるだろう。ため息を吐《つ》いて、レンは実況に魔道具を返した。

舞台を飛び降り、彼はアマリリサに近づく。当然のように、彼女はレンの手を取った。

そして金髪をなびかせ、アマリリサはレンを連れて駆け出した。

広場の外、幾何学模様の迷路の中へ。

＊＊＊

「……ここまで来ればいいでしょう」

複雑に曲がりくねった道のひとつで、アマリリサは足を止めた。

くるりと、彼女はレンを振り向く。思わず、レンは口にしかけていた文句を呑み込んだ。

アマリリサの翠の目がそれだけ苛烈な光を宿していたためだ。

伴侶という言葉の甘さからはかけ離れた声で、アマリリサは囁《ささや》く。

「言ったでしょう？　フィークランドの娘に敗北は許されない。これが答えです」

アマリリサは鋭く言う。意味がわからず、レンは尋ねた。

「答えって……どういうことだよ」

「フィークランドの娘は、最初に敗北した相手と結婚しなければならない決まりなのです」

そう聞いた瞬間だ。パンッと音を立てて、レンは掌《てのひら》で顔を覆った。はーっと、彼は深く息を吐く。レンは空を仰いだ。薄く広がった雲を眺めながら、彼は呟く。

「……いつの時代だ」

「なっ！　フィークランドを時代遅れと愚弄しますか！」

慌てた様子で、アマリリサは言った。

それに対し、レンは全力で訴える。

「するわ！　流石にするわ！　ってか、負けた相手が女だったらどうするんだよ！」

「その時は、フィークランドの所有本の中に、永続と変身属性の掛け合わせの生殖器変更本がありますから……」

「問題ないのかよ！　徹底してますね！」

心の底から、レンは叫んだ。再び、彼は深いため息を吐く。

それから、レンは真剣な調子で彼女に告げた。

「多分、フィークランドの子孫は正当な婚約者に出会うまでは負けるなっていう心構えみたいなものだから、それ。守らなくていいから」

「いえ、実際、お父様もお祖父様《じいさま》も掟《おきて》を守って結婚しています」

「じゃあ、俺には適用しないでいいから！　っていうか、しないでください、お願いします。この通り。俺は静かに暮らしたいんだ」

深く、レンは頭を下げた。ソレは彼にとっては絶対だった。ユグロ・レンは平穏を求める。そこには、理由があるのだ。彼という歪《いびつ》な存在は、人の注目は避けなければならない。

アマリリサの戸惑いの気配が伝わってくる。おずおずといった様子で、彼女は言った。

「もしかして……それほどまでに嫌なのですか？」

「もの凄《すご》くな！」

「そう、ですか。まさか、殿方にそこまで拒絶されるとは思わず……私は自分の思いあがりが恥ずかしいです」

「いや、だって……さ。君だって嫌だろ？　俺と結婚なんて。嫌に決まってるよな？」

頭を下げたまま、レンはそう尋ねる。沈黙が返った。まさかと彼は顔をあげる。

アマリリサは金髪の先を弄《いじ》っていた。心なしか、その両頰《ほお》は紅《あか》く染まっている。

「私は……嫌では、ないです。いえ、あの、積極的にあなたと一緒になりたいのかと言われれば、その、迷いはありますが、少なくとも、嫌では……ええい！　このようなこと、女子に言わせないでくださいませ！」

「ええっ……本気か？　っていうか、なんで？」

本当にわからなくて、レンは尋ねる。彼は空っぽな己を自覚していた。もしも好意を持たれる箇所があるとすれば、それは表層的なものだろう。だが、そこにもアマリリサが気にいるほどの部分があるとは、レンにはとうてい思えなかった。

アマリリサは答えるか迷ったようだ。だが、悩んだ末に、彼女は続けた。

「……あなたは、負けた私にも優しかったですから」

もじもじしながら、アマリリサは呟いた。

三度、レンは天を仰いだ。彼はフィークランドの敗北を隠したが、目的は自分のためである。それに、彼女を実際に医務室へ運んだのはベネだった。レンからすれば、優しいと言われるいわれはない。お嬢様の天然ぶりを嘆きながら、彼は訴えた。

「俺は君が言うほどには優しくない。それに、君の中にはまだ迷いがあるんだろ？　なら、こんな風に伴侶宣言なんてしちゃ駄目だ。もっと自分を大事にしてくれ」

「……ほら、今も優しいじゃないですか」

「この程度は優しさとは言わない。会場に帰ったら、皆の誤解を解いてくれよ。頼むから」

「わかり、ました。それをあなたが望むのなら」

アマリリサは頷《うなず》いた。レンは胸を撫《な》で下《お》ろす。

だが、アマリリサは翠の瞳を美しく光らせた。

「けれども、私はあなたに敗北した事実、婚礼の掟を忘れませんから」

「それこそ忘れてくれ」

頭痛を覚えながら、レンは額を押さえる。

ともあれ、話はついた。レンがそう思った時だ。

「話は全て聞かせてもらったよ」

笑みを含んだ声が響いた。まさかと、レンは背筋を凍らせる。

その前に、美しい銀髪を飾った姿が現れた。アンネだ。どうやら後をつけていたらしい。

彼女は完璧に整った顔に悪戯《いたずら》好きな笑みを浮かべた。そして宣言する。

「残念ながら、少年を君の伴侶にするわけにはいかないな」

待て、それはさっき話がついた。

レンはそう訴えようとする。だが、アンネは実に滑らかに続けた。

「私こそが、少年の伴侶だからね！」

レンは頭を抱えた。

またしても、平穏が木《こ》っ端《ぱ》微塵《みじん》にされた気がする。

飛び上がり、アマリリサは素直に驚きの声をあげた。

＊＊＊

「あ、あ、貴方《あなた》、伴侶がいたんですか！　私は伴侶がいる人に敗北してしまったと？」

「いない、いないから、落ち着いてくれ」

「ひどいなー、少年。あんなに愛を誓い合った仲だと言うのに」

「お前とは何も誓い合ってない」

「病める時も、健やかなる時も、私を守ると……」

「似たような契約を結んだ気はするが、誤解を招く言い方をするな」

現場は非常にややこしいことになった。アマリリサは衝撃を受けたかのように、ふらふらとしている。これはもう、どうしようもない。無理やり、レンは混乱を鎮めにかかった。

「ほら、行くぞ。まずは戻ろう」

「いいえ、まだ話は終わっていませんよ！」

「話は始まってもいないんだってば！　行くぞ！」

レンはアマリリサを連れて歩き出した。にやにやと笑いながら、アンネもついてくる。

「伴侶……伴侶がいる方に、私は」

「だから、いない」

「つれないなー、私の好意を無にするとは寂しい限りだよ」

「お前のは好意じゃなくて悪意だ」

にぎやかに、三人は迷路を進む。だが、いくら進んでも広場にはつかなかった。どうやら、迷ってしまったようだ。レンが困っているとアマリリサは言った。

「あの、私が使い魔を出して上空から案内をさせましょうか？」

「ああ、頼、む」

そこで、レンは足を止めた。異様な匂いが鼻をかすめたためだ。

レンは全身の血が下がるのを覚えた。まさかと、彼は思った。だが、コレは確かに嗅いだ記憶がある。師匠に連れられ、方々を旅した際、何度か経験した匂いだった。

鉄臭い、血の香り。

「君も気づいたみたいだね、少年？」

「ああ……これは」

レンとアンネは顔を見合わせた。真剣な表情でアンネは頷く。

同時に、二人は走りだした。アマリリサが驚いた声をあげる。

「あっ、ちょっと、どうなさいました？」

「説明は後だ！」

叫ぶように言うと、レンは先を急いだ。匂いの濃くなる方向へと、二人は足を運ぶ。

少しだけ進んだ地点に、四角く刈られた植え込みに囲まれた空間があった。そこには薔薇《ばら》の花壇が設けられている。鮮やかな花達が、毒々しいほどの美しさで咲き誇っていた。


その上に、ソレはあった。

壊れた人形のように少女が倒れている。


彼女の目は、恐怖に見開かれていた。ガラス玉じみたそれは、絶命を告げている。

紅い花達は、更に艶やかな色で濡《ぬ》れていた。

命の色だ。

大量の血がぶちまけられている。

その全ては、倒れている女子生徒が吐いたものだ。

更に異様なことに、その側《そば》には死してなお、本棚が開示されたままになっていた。この死に様を、レンは師匠から聞いた覚えがあった。彼は持ち主の死んだ本棚の中を確認する。

そして、呟《つぶや》いた。

「ない」

「ああ、そうだね」

重い声で、アンネがその事実を肯定した。

追いついたアマリリサが、汗を拭きながら声をかける。

「……レンさん達、急に走り出してどうし……なんですか、これは！」

「本が一冊もないんだ」

再び、レンは本棚を確かめる。やはり、その中には本が一冊もなかった。通常、魔術師にはありえないことだ。その事実と死に様を総合し、レンは答えを出す。

「この女生徒は、魂から無理やり本を引き抜かれたんだ」

それは魔術師の中で最悪の罪とされる、忌むべき、恐ろしき、犯罪行為だった。

第九章　校外学習と襲撃と、決意

「人生は物語だ。または、人間自体が物語とも言える」

そう、本の修繕にまつわる旅の途中で、レーリヤは語った。

彼女の前には血塗《ちまみ》れの死体が倒れている。大量の紅を吐き、中年の男は死んでいた。その隣には、本棚が死してなお開示されたままになっている。

中に、本はひとつもなかった。

空になった本棚をなぞり、レーリヤは囁《ささや》く。

「魔術師の本とはその人間そのものだ。手に取ることができるが、その実、本は肉体と魂の双方と深く結びついている。血族にはしかるべき手順を踏むことで、臓器を渡すがごとく生きたまま譲渡が可能だが、無理に奪えばどうなるか……これが答えだ」

「本を抜かれた人間は死亡するんですか？」

「その通り。問題は、抜いた本はそのまま『使うことができる』という点だ」

レーリヤは煙草《たばこ》に火を点《つ》けた。彼女は深く煙を吸い込む。

被害者の体の上に灰を落としながら、レーリヤは語った。

「どういう神様のイタズラかイジワルか、抜いた本は問題なく使える。だから、自分の本棚にこっそりしまってしまえば気づかれない。図書館持ちではない人間……いや、図書館持ちの人間ですら、そうして所蔵本の数を増やそうとする者がいる」

「いくら魔術の研鑽《けんさん》を積んでも、本の数は生来のものからほとんど増えないためですか？」

「その通りだよ、愛弟子《まなでし》君。『無限図書館』に入学しても、血の滲《にじ》むような努力を重ねても、本の『ページが増える』程度だ。冊数はほぼ変わらない。中には例外もいるがね。故に魔術師は所有本の数を増やすために血を重ねるしかないわけだが……、別の手段として、人の本を奪うのが最も手っ取り早い」

レーリヤは煙を吐き出した。まだ長い煙草を、彼女は惜しげもなく捨てる。ここには、吸殻を食べにくる魔獣はいない。行儀悪く、レーリヤは路面に煙草を落とすと踏みつけた。

「故に、『物語強奪殺人』は、魔術師の中では最もありふれていて、最も忌むべき犯罪だ」

レーリヤは目を細める。今回の殺人は、ある街の裏通りで、魔術師が本を抜かれたというものだ。通り魔的犯行にも思えるが、レーリヤには犯人の目星がついているようだった。

被害者は彼女の知り合いだ。

刃物のように鋭く、レーリヤは告げる。

「これを許せば、我々は永遠に殺し合うしかなくなるのでね」

＊＊＊

その記憶を、レンは思い出していた。

レーリヤの言っていた最もありふれた、最も忌むべき犯罪。

それが学園で起きてしまったのだ。

死体は学内の管理人達の手で運び出された。曇天の下、黒布をかけられた塊は不吉の象徴のように目に映った。迷路に設けられたベンチに座ってレンはその様をじっと見守った。

それが昨日のことだ。彼は暗い一幕を噛《か》み締《し》めるように思い出している。

一方で、今、レンの目の前には信じられないような光景が広がっていた。

「えー、これが魔術学園『無限図書館』の本邸の全貌ですね」

呑気《のんき》な声で、アマギスが言う。

一斉に、歓声があがった。

レン達の前には、まるで城のような、伏せた獣のような、巨大な図書館がそびえている。

一年生達は空に浮いていた。

教師の物語の効果だ。全員が各クラスごとに一枚の布の上に乗って、宙を浮遊している。

昨日の交流会が、各自の本棚の一斉点検で中止になったことによる、代わりの催しだった。

つまり、殺人事件が起ころうが、学園は通常運営を続けている。

その事実を、レンは苦々しく思っていた。

彼の考えを知ることなく、アマギスは説明を続ける。

「えー、学園は学園であると同時に、一種の統治機関としての役割を果たし、魔術全般の管理を行っています。そのため、『無限図書館』はひとつの街を有し、ここから伸びた複数の学術都市が魔術の研究・発展のために力を尽くしています。我々はその総本山にいるわけですね。『無限図書館』から輩出される魔術師である――その栄光を、『小鳩《こばと》』の皆さんも噛み締めなくてはなりません。自覚と自信を持ちましょう」

レンは目を細くして、『無限図書館』を眺める。

図書館らしからぬ三つの尖塔《せんとう》の上には、大鴉《おおがらす》の彫像が止まり、翼を広げていた。

街はこの巨大建造物を中心に広がっている。その全てを、『無限図書館』の学生達がわけて使用していた。今回、レンたちが向かうのは、中でどの学部の所有とも決まっていない場所――商業施設の多く入った、自由営業地だ。そこには、あらゆる都市からの支店が集まり、学生の生活基盤を支えると共に憩いの地となっている。

『無限図書館』の威光が届いているのは、この都市と、連なる学術都市だけではない。『無限図書館』の有する数人の大魔法使い——それは国の中枢に深く食い込み、歴史を動かし続けている。故に、この国の魔術師達の中で、『無限図書館』を畏れぬ者はいない。

だが、所属する生徒達は呑気なものだ。

『小鳩』の布がふわりと降りた。生徒達は颯爽《さっそう》と飛び出す。

ここから先は自由時間だ。皆、自身の財布と相談をしながら、買い物に励むのだろう。

彼らの多くには昨日殺人事件が起きたという実感がない。

だが、殺された少女の在籍していたクラスは別なはずだ。

レンがそう考えたところで後ろから低い声がかけられた。

「情報は収集した。殺された女生徒は『鴉』の所属だったそうだよ。希少性の高い、複合属性の本を持っていることで有名だったそうだ」

「『鴉』か……その相手から本を抜けるってことは、相手は相当な実力者っていうことか」

アンネの言葉に、レンは応える。無言で、彼女はレンの隣に並んだ。

遠くで、ベネとディレイが手を振る。獣耳をぴこぴこと揺らして、ベネが駆けてきた。煉瓦《れんが》で舗装された道の上で、彼女は急停止する。嬉《うれ》しそうに、ベネは声を弾ませた。

「どーしたの、レン？　行かないの？　ここ、焼き菓子の名店もあるし、新作の小説も入ってるし、ペンや革製品も、なんでもあるよ。久しぶりの買い物だし……その……」

「悪い、ベネ。俺は昨日、『見てる』んだ」

ぽんと彼女の頭に手を置いて、レンは言った。『死体を』という言葉は控えた。それでも、ベネはハッとした顔をする。ぺたんと耳が倒れた。あわあわとしながら、彼女は言う。

「えっと、その、ごめん……ごめんだよ」

「気にするな。お前は楽しんできてくれ」

わしゃわしゃと、レンはベネの頭を撫《な》でた。そのまま、背中をぽんっと押してやる。

ディレイの下へ、ベネは戻っていった。頼んだと、レンは腕を振る。お任せあれと、ディレイは頷《うなず》いた。二人は街の本通りの方へと進み出す。やがて、アンネが口を開いた。

「……少し、歩こうか？」

「ああ」

レンは頷く。

彼にも、アンネに話したいことがあった。

＊＊＊

自由営業地の裏道を行く間に、アンネは氷菓子をレンに手渡す。彼女はひとつを
自分は珈琲《コーヒー》味の菓子を齧《かじ》りながら、アンネは冷たい声で言った。

「魔術師の殺人は魔術師の中で処理される。一般の警察の手に負える事柄ではないからね。

そして『物語強奪殺人』は『無限図書館』の中ではやはりよくある事件のひとつだそうだ」

「よくある事件……で済まされるものなのか？」

「勿論《もちろん》、学園も犯人を捜してはいる。現場に入ることができた一年生達の本棚の点検は行われただろう？　抜かれた本を隠していないか、我々は確かめられたわけだ。だが、『無限図書館』は実力主義……見つからなければ、殺人者はそれだけ称賛されるだろう」

「称賛？　嘘《うそ》だろ？」

愕然《がくぜん》と、レンは尋ねた。それはあまりにも予想しない言葉だ。

アンネは深くため息を吐《つ》いた。平然と、彼女は肩をすくめる。

「少年、君は自分がいる場所の正気をもっと疑った方がいい。魔術師とは『そういうもの』だよ。自分の身を自分で守れて、我々は初めて生きる価値を認められる」

滑らかに、アンネは語った。

残酷な事実を前に、レンは息を呑《の》む。ゆっくりと、彼は尋ねた。

「つまり、学園は大して動かない。人が一人死んでるのに、か？」

「そういうことだよ。魔術の事故で死ぬのも、殺人も似たようなものさ」

軽々と、アンネは応える。

それが当然だと。

レンは倒れていた死体を思い出した。白い手足は血に塗れていた。目は絶望を映していた。強く、レンは思う。あんなものを、それが実力の結果だと割りきることなどできない。

レンは拳を握り締めた。だが、と彼は思う。

(だが――何ができる?)

殺人者は、見つからなければ称賛される。それが学園の決めたことだ。それに一介の学生が逆らおうというのは無謀だった。下手をすれば、こちらが処罰される可能性すらある。

師匠に放り込まれた学園に、居づらくなるわけにはいかない。

自分には、誰かを断罪する資格などない。

それでも、

「それでも」

レンが口を開いた時だった。

強烈な殺気に、彼は後ろを振り返った。ゆっくりと、アンネも続く。手にしていた氷菓子を、彼らは戦いに備えて路面に落とした。

二人の後ろには、一人の男子生徒が立っている。

彼は顔をローブで隠していた。

殺人事件に関係あるのか否か。

レン達は睨《にら》むように、彼を見つめた。

＊＊＊

「お前か、アマリリサ・フィークランドの伴侶というのは」

その一言で、レン達は『コレは違うな』と悟った。

どうやら、事件とは無関係な相手のようだ。また、レンは思わず顔を覆いたくなった。

アマリリサの伴侶発言は、あれから後、彼女に撤回を吹聴《ふいちょう》してくれるようにお願いした。

だが、事件のこともあり、全員の前での宣言などはできていない状態だ。

既に、相手は本を抜いている。ここはコテンパンにノされておくかと、レンは覚悟を決めた。そうすれば、相手も満足することだろう。

だが、男子生徒は思わぬ方向を向いて、物語を唱えた。

「『炎の子らは楽しげに踊る。夜に、闇に、影の中に。光の粉を撒《ま》き散らしながら』」

「――ッ、どういうつもりだ！」

男子生徒はアンネを狙っていた。その射線上に、レンは跳び出す。投げられた炎の弾《たま》を、彼は肩で受けた。布地に燃え移りかけた熱を、レンは慌てて叩《たた》いて消す。

彼の問いに、相手は当然のごとく声を響かせた。

「俺はアマリリサの幸せを願っている！　それなのに、女連れとはどういうことだ！　その蛮行捨て置けん……まずは女の方を消してやる！」

「いや、そこは俺を狙えよ……」

レンは低く呟《つぶや》いた。だが、男子生徒は構いはしなかった。彼は次の呪文の詠唱を始める。

レンはアンネに目配せをした。彼女は頷く。アンネは通常の本棚を展開した。

「開示！」

「『炎の子らよ、踊れ踊れ。その短い命の消え去るまでに。楽しく、楽しく、楽しく』」

「『炎の使徒は千里を駆ける。ただ、自らの主のために』」

アンネは本を開き、軽く詠唱をした。その瞬間、レンはアンネの本棚の裏に隠して展開していた自身の本棚から、白紙の本を引き抜いた。直後、前に飛び出て、男子生徒の詠唱の直撃を受ける。本に呪文が浮かんだ。小声でそれを読み、レンは攻撃を相手に返す。

「『炎の子らよ、踊れ舞え。その命は刹那に見えて永劫《えいごう》に続かん。楽しめ、楽しめ、嗤《わら》え』」

「ぐっあっ！」

爆炎が起こり、男子生徒を吹き飛ばした。路上を、彼は勢いよく滑って行く。

男子生徒からすれば、アンネの物語の直撃を受けたと思ったことだろう。とても敵《かな》わないと、彼は這《ほ》う這《ほ》うの体《てい》で逃げ出す。その様を見送り、レンは細く息を吐いた。

「うまくいったな」

「悪かったね、少年」

「何がだよ。俺のせいで、お前は巻き込まれたのに」

レンはそう告げる。それにアンネはにこりと笑った。その笑顔を見つめながら、レンはあーっと、頰《ほお》を掻《か》いた。告げるのならば、今しかない気がする。だから、彼は口を開いた。

「アンネ」

「なんだい、少年？」

「俺には、学園の決定を認められない」

レンは言い切った。静かに、アンネは彼を目に映す。

紅い唇を開き、彼女は囁《ささや》いた。

「それは学園の弱肉強食の方針に逆らうということかな？」

「ああ、そうだ。俺にはそれは絶対に認められない。あんなものは、『よくあることだ』

と流すべきじゃないと思う。俺に誰かを裁く権利なんてないかもしれない。だが、全身がそう叫んでいるんだ」

「そうか、少年。君はそう思うんだね……くっ……ふっ……」

そこで、アンネは肩を震わせた。どうしたのかと、レンは目を細める。

何かと思えば、彼女は爆笑した。

「あっはっはっはっ、やっぱり、馬鹿だな君は」

「馬鹿ってなんだ、馬鹿って」

「いいや、馬鹿だよ君は！　もちろん、いい意味でね！　それでどうするつもりだい？」

「決まってる、調査だ」

ふてくされながら、レンは応える。犯人を捜し、これ以上の被害を防がなくてはならない。レンの全身がその必要性を強く訴えていた。放っておくことなど絶対にできはしない。

その瞬間だ。

「貴方《あなた》の話、私も参加させてください」

応えるように、地面を踏む音がした。側《そば》にもうひとつ人影が差す。見上げれば、金の髪が目に入った。アマリリサだ。『大鴉《おおがらす》』の生徒も来ていたらしい。滑らかに、彼女は語る。

「話は全て聞かせてもらいました。学園の方針については、私も思うところがあります……それに、『鴉』のクラスにて被害者の友人達が嘆いている様も目にしました。このような陰惨な事件……フィークランドの娘が許すことはできません」

アマリリサは表情を引き締める。だが、どうだろうかとレンは思った。

魔術師の実力を重んじる名家こそ、犯人の実力を買うのではないだろうか。あるいは、血の集結である本を盗むという行為に激しい嫌悪感を示すのか。どちらが妥当か、レンにはわからなかった。どちらにしろ、アマリリサは自身の正義を表明した。

「今後、再度の一斉検査が行われるということです。その後も犯人が見つからないようならば動きましょう。それが、殺された女生徒の無念を見た、我々の役目だと思います」

「つまり？」

微笑《ほほえ》みながら、アンネは尋ねる。それに、アマリリサは堂々と胸を張った。

迷うことなく、彼女は答える。

「レンさんの言う通り調査を……つまり、犯人捜しを開始します」

これを許せば、我々は永遠に殺し合うしかなくなる。

その言葉を思い出し、レンも提案に頷いた。
空は薄灰に曇り、夜が訪れようとしていた。

第十章　夜の探索と、第二の事件

　全校生徒にも本棚調査は対象を拡大された。結果、被害者の本は発見されなかった。

　だが、それは必ずしも正しくないことを、レンとアンネは知っている。

　以前、レンの目の前で、アンネが証明してみせたことだ。

　真に強力な本棚の持ち主は『隠し本棚』を持っている可能性が高い。そして、生徒一人一人の『隠し本棚』の所有の有無を、学園側は把握してはいないだろう。

　当面把握する気はないのだ。学園は優秀な魔術師を所属させていられれば、それだけで満足なのだから。生徒の実力の全ては、卒業までに明らかにさせればいいだけの話だった。

　その事実について、更にアンネは語った。

「私が『小鳩《こばと》』にいるのは、禁書以外の所蔵本が少ないこともあるが、下位の立場から全体を見回したかったからさ。魔術師は真に強力な者ほど、実力を伏せる傾向にあるからね。学園がわざわざ『小鳩』クラスを設けているのもそのためさ。私はどのクラスの人間に対しても侮ることなく、目を光らせているよ」

「真に強力な魔術師ほど実力を伏せる……ってことは待ってくれ。『歴代最高得点』で入学した、アマリリサは」

「かなり抜けていると言えるね」

きっぱりと、アンネは言い切った。呆《あき》れたような口調で、彼女は続ける。

「よくも悪くもまっすぐすぎるよ」

「そうか……そんな気はしていたけれども、やっぱりアイツ、そうなんだな」

「……そのアマリリサ君と、これから犯人捜しとはね。はてさて、どうなるのかな？」

「お待たせしました」

丁度、レン達がそう話をしていた時だ。

金の髪を揺らし、アマリリサが駆けてきた。

『無限図書館』一階の玄関ホールにて、レン達は待ち合わせをしていた。遥《はる》か高みまで本の並ぶ荘厳な空間には、金の鴉達の飾られた大階段が設置されている。そこに、アマリリサは翠《みどり》の目を輝かせながら立った。階段上から彼女を見降ろし、アンネは猫のように笑う。

「まあ、戦力が得られるのは好都合だ。せいぜい、利用させてもらおうじゃないか？」

「お前な、そういうのはよくないぞ」

「そうは言ってもね、少年。私は根っからの人格破綻者なんだ。あまり『心ある言葉』は期待しないことさ」

アンネは鼻を鳴らした。レンは彼女を睨《にら》む。

険悪な空気を感じたのか、アマリリサがおずおずと尋ねた。

「……あの、お二人ともどうかなさったのですか？」

「いいや、どうもしない。ただ、君の助力を喜んでいただけだよ、アマリリサ君」

いけしゃあしゃあと、アンネは言う。その脇腹を、レンは小突いた。アンネも思いっきり、肘を返してくる。二人が応戦し合っていると、アマリリサは口元を尖《とが》らせた。

「あの……お二人がただの友人である旨は、レンさんから聞きました。ならば、私という伴侶がありながら、その、あまり他の異性と戯れるのはいかがなものかと思うのですが……どうでしょうか？」

「お前とも伴侶じゃない。あと、戯れるって言うな」

「まあ、私と少年はよくイチャイチャラブラブしているが、これは息をするくらい自然な行為なので大目に見てくれたまえ、イテッ」

「お前も何を言ってるんだ」

「だからと言って、この美しい顔にチョップはないだろう？」

頬を膨らませ、アンネは文句を言った。それを、レンは綺麗《きれい》に無視する。

いつまでもここに留《とど》まっているわけにはいかない。金の鴉の背中を撫《な》でて、彼は言った。

「急ぐぞ。下級生は夜間は寮での待機を命じられているうえに、教師と上級生が巡回もしているんだ。見つかるわけにはいかない」

「そうだね。期待のアマリリサ君はともかく、我々の上には物理的に雷が落とされるだろう。急がなくてはね」

銀髪を翻し、アンネも歩き出す。

アマリリサがその後に続いた。不安そうに、彼女は言う。

「あの、犯人捜しは私が言い出したことでもあります。しかし、申し訳ありませんが……捜すための当てはあるのですか？」

「これさ」

胸元から、アンネは紅色の小瓶を取り出した。その存在をレンは事前に聞かされている。中には血液じみた、やや粘性のある液体が揺れていた。

髑髏《どくろ》の意匠の施された蓋を、アンネは引き開ける。

「これは我が家に代々伝わる魔道具のひとつでね。人の血液に反応する。教師陣も似たような品は持っているとは思うが、私の方がより効果は大きいと思うよ」

「問題はそれをどこで使うか、だったな？　今回の事件と関係があるかはわからない。だが、少ない時間で資料をひっくり返し続けて、過去の事例で気になるものを見つけたんだ」

レンは言った。その場所は、アンネには伝えてある。踊るように、彼女は足を進めた。

その後ろに続きながら、レンはアマリリサに説明する。

「最近まで、下級生が数時間姿をくらませた後、極度の貧血状態で見つかるという事件が何回か発生している。だが、外傷はないため学園側も深くは扱わなかったらしい。その消失と発見地点から、犯人がいるとすればと、その行動範囲に当たる場所を割り出してみた」

「ふふん、私の助手はなかなかやるだろう？　褒めてくれても構わないよ？　私を！」

「なんで、お前が得意げなんだよ」

アンネは胸を張った。レンは呆れた声で言う。

だが、本来、彼は『何も持たない』身の上だ。それなのに褒められるのは悪い気はしない。少しは相棒、アンネいわく助手、らしい働きはできたかと彼は頷《うなず》いた。その様を見て、アンネはにこりと微笑む。だが、彼女はすぐに顔を引き締めた。

表情を真面目なものに戻し、アンネは続ける。

「しかし、今回の殺人にこの件が関係あるかと言えば可能性は低いだろう。だが、他に当てもないんだ。それに相手が闇に潜む者なれば、私達が知らない情報を持つかもしれない」

「つまり？」

「ひとまず、掘り出してみようか？」

そう語り、アンネは足を止めた。階段の踊り場だ。目の前には、革装丁の本の詰められた本棚が並んでいる。辺りに、アンネは薬を噴霧した。薄くだが、数冊の本が輝き始める。

「凄《すご》いですね、アンネさん」

「素直だね、アマリリサ君。好きなだけ賞賛してくれて構わないよ……ふむ、問題は押す順番だが……魔術師は文を好む。『獣は』『血の』『夜を』『愛する』かな」

それぞれの題名の冒頭を取り、アンネは頷いた。

その通りに、彼女は棚の中に本を押し込んでいく。カチリ、カチリと音を立てて背表紙は埋まった。ガチンッと、何かがハマった音が響く。低い轟音《ごうおん》と共に本棚は横へと開いた。

レン達は中を覗《のぞ》きこむ。内側には暗い石造りの通路が延びていた。

口元を軽く押さえ、アマリリサは驚きの声をあげる。

「……こんな場所が」

「いや、それほど驚くには値しないよ。恐らく、学園内に無数にある隠し部屋のうち、ひとつをやや改造しただけの場所だろうさ。さっそく、中に入ってみようか？」

アマリリサは頷いた。彼女は自身の本棚をひとつ展開する。

中から一冊を出し、アマリリサは囁《ささや》いた。

「『妖精の光は常に温かく、柔らかい』」

掌《てのひら》の上に、アマリリサは小さな光を生んだ。そのまま本棚を消し、彼女は歩き出す。

レンとアンネはそれに続いた。中には狭く、暗い通路が延びている。アマリリサの光源がなければ、満足には歩けないほどだ。本棚の裏を縫い、岩壁は長く、長く続いていく。

しばらくして、アンネはひくりと鼻を鳴らした。

「……血の匂いがするね」

「ああ、そうだな」

レンは頷く。不意に、三人は広い空間に出た。アマリリサは頭上に光を投げる。

辺りが照らし出された。

レンは息を吞《の》み、アンネは口笛を吹いた。

そこには、異様な怪物がいた。様々な獣の皮を貼り合わせられた魔獣が、うずくまっている。その体には人の血が太い管で輸血されていた。魔獣は時に暴れでもするものか、床上には管から溢《あふ》れた血が溜《た》まっている。先程、匂ったのはどうやらこれらしい。

アマリリサは目を細めた。彼女は低く呟く。

「永続属性の応用……？」

「ああ、無から有を生み出すのではなく、元からあるものを変容させる魔術についての実験だろう。恐らく、命ない人形を動かす物語を、犯人は使えるんだ。だが、そのままだと安定性に欠けるのだろうね。それで、物語魔術の方を鍛えるのではなく、人形の方に魔力を持つ血を与えることで、効果に変化はないか、実験していたのさ」

流れるようにアンネは断定する。そのために、犯人は魔術師の血を集めていたらしい。

これで、下級生昏倒《こんとう》事件の動機は判明した。

更に、アンネはスカートの裾を摘《つ》まんだ。くるりと振り向き、彼女は優雅に礼をする。

その様は、まるで王族のようだ。柔らかく、アンネは尋ねる。

「そうでしょう……名も知らない先輩？」

そこには、いつの間にか一人の上級生が。

痩せぎすの、狂的な目をした青年が立っていた。

＊＊＊

恐らく、下級生昏倒事件の犯人が間近に立っている。

その事実を前にして、レンは低く呟《つぶや》いた。

「なんでだ……登場が早すぎる」

「いや、これだけの永続属性の使い手だよ？　下級生ばかりを狙ったことからも犯人は上級生……魔術の腕も熟練だと推測がつく。ならば間違いなく、秘密の工房に侵入者の感知用の罠《わな》はしかけているだろうし、転移属性の物語も使ってくるだろうとは思っていたんだ」

「お前……こうなることを予想してたのか？」

「そうして、自分から現れてくれた方が手っ取り早いしね」

あっけらかんと、アンネは語った。

レンは顔を覆う。彼女はわかっていて、躊躇《ためら》いなく部屋に侵入したらしい。アンネらしくはある。だが、せめて事前に言っておいて欲しかったと思った。

アマリリサが前に出る。高らかに、アンネは宣言した。

「永続属性持ちは、転移や防御は持っている可能性が高いが、攻撃属性の物語は持っていないものだ。任せたよ、アマリリサ君！」

「はい、任されました！」

凛《りん》とアマリリサは応えた。思わず、レンはツッコんだ。

「お前は戦わないのかよ」

「私がここで禁書を出しては、待っているのは処刑だからね」

アンネは小さな声で囁く。それでもさと、レンは呟いた。

その時だ。上級生は優雅なお辞儀を返した。長い黒髪とローブを揺らして、彼は囁く。

「お初にお目にかかる。私の名はギルバート・ハインドリッヒ。下級生諸君。よくぞ、私の秘密の工房に辿《たど》り着かれた」

「なんか、凄い芝居がかってるな……」

「こじらせた魔術師は、こじらせているものだよ」

ここそこと、レンとアンネは話をする。

その前で、ギルバートは胸を張って言葉を続けた。

「残念だがここを覗いた以上、君達を生かして帰すことは叶《かな》わない。魔力を含んだ『素材』を使用しての実験はまだ途中なのでね。君達には、私の贄《にえ》となってもらおう」

ギルバートは歪《いびつ》な笑みを浮かべる。それは爬虫類《はちゆうるい》じみた、捕食者の表情だ。

瞬間、レンは緊張を覚えた。

言動はともかく、ギルバートの纏《まと》う迫力は本物だ。

その前で、アマリリサは怯《ひる》むことなく声を上げた。

「開示！　戦闘ならば負けません。お覚悟を！」

「気の強いことだ……だが戦うのは、私ではないよ」

甘く、ギルバートは囁く。

瞬間、レンはゾッとした。

「――こっちだっ！」

本能に従い、彼はアマリリサの腰を抱き、跳んだ。同時に、レンはアンネの手を取り、前へと引き寄せた。自分には必要なかったのにと言うように、彼女は笑う。

瞬間、先程まで三人の立っていた空間が横なぎにされた。

レンは舌打ちする。対人戦では、彼は負けなしだ。

だが、コレ、相手にはどうしようもない。

獣の皮を繋《つな》ぎ合わされた怪物が動いていた。

その全貌は熊に似ていた。だが、顎は獅子《しし》で、目は蛇のものだ。

ギルバートは叫ぶ。

「私ではなく、相手をするのは私が命を与えた怪物だよ！」

怪物は低い唸《うな》り声をあげた。

アマリリサは一冊の本を手に取る。

「『氷の女王の息吹《いぶき》は冷たい。彼女は冬を統《す》べる者。その御前《みまえ》では誰も――』キャッ！」

「詠唱が長い！　威力が弱くなってもいい。もっと短くするんだ」

獣の動きは速かった。アマリリサを庇《かば》いながら、レンは叫ぶ。

アマリリサは決闘には慣れている。だが、やはり実戦慣れはしていない。怪物には詠唱時間が必要ない分、こちらの方が不利だ。レンの肩は浅く切られる。血が噴き出した。それを顔面に浴びながら、怪物は嗤《わら》う。確かに、嗤った。

アマリリサは悲鳴のように叫んだ。

「レンさん！」

「いいから、詠唱を！」

「やれやれ、手のかかる少年達だ」

アンネは首を横に振った。元はと言えば、彼女が迷いなく部屋に入ったせいだろう。そう、レンは訴えようとする。だが、その暇さえ許されない。怪物の連撃に追い詰められ、レン達は壁際に下がった。謳《うた》うように、アンネは言う。

「私は正義側だ。だから、この状況をちゃんとなんとかしよう。同時に、私は外道でね。自分のやるべきことを心得ているのさ」

そう言い、アンネは走り出した。迷いなく、彼女は呼びかける。

「少年っ！」

瞬間、レンは自分が何をやるべきかを、自然と察した。

彼は怪物の一撃を掻《か》い潜《くぐ》った。そのまま滑るように、血で濡《ぬ》れた石の床を移動する。レンは工房の机に置かれた刃物を手に取った。だが、それでは怪物に敵《かな》わない。

迷うことなく、レンはそれをアンネに向けて投擲した。後ろを振り向くことなく、アンネは彼のタイミングを完全に読んでいたように、短剣の持ち手を掴《つか》み取った。

鋭い先端を、アンネはギルバートの喉に突きつける。

「なっ……魔術師が物語も使わず、用意された魔獣も無視して術師を攻撃するだと？」

「ほら、早く魔獣を止めるんだ、ギルバート君？　君は襲われてない以上、アレは完全な自動型ではなく、一定の制御は利いている代物だろう？　三秒だけ待つよ。それが過ぎれば、君は喉を掻っ切られてこの世からおさらばだ」

いっそ甘く、アンネは囁く。

震えながらも、ギルバートは喉を動かそうとした。

「待て！　魔獣よ、この女を……」

「一、二、」

「開示！『眠れ、ツギハギのぬいぐるみよ。少女の膝の上に置かれ、まどろむがいい』」

ギルバートは本棚を展開した。一冊を手に取り、すばやく詠唱を行う。

魔獣は斬撃を止めた。今までの猛攻が嘘《うそ》のごとく、それは座り込む。大人しく、魔獣はまどろみ始めた。ぬいぐるみのように、それは動かなくなる。

レンはアマリリサに駆け寄った。念のため、彼は彼女を抱き寄せ、怪物から遠ざけた。

怪物は眠っている。だが、また動き出さないとも限らない。思わず、レンは腕に力を込めた。アマリリサは小さく身じろぎする。荒い息を吐きながら、レンはアンネに尋ねた。

「うまくいったな……だが、さっきのあれ。まさか本気で刺すつもりじゃなかったよな？」

「さあ、どうだろうね？」

アンネは肩をすくめる。レンは目を細めた。アンネという人間は、どうにも摑み難《にく》い。彼女が本気だったのか否か、彼にはわからなかった。もしも、アンネが本気で刺そうとしていたのならば自分はどんな感情を抱けばいいのか。上手《うま》く、レンには答えが出せない。

その時だ。彼の腕の中でアマリリサが動いた。

「あの……その……そんなに抱き締められては恥ずかしいです」

「あ、ああ、悪かった」

「手……当たっています、し」

「本っ当に悪かった！」

アマリリサをかばうことに夢中になり、手が胸に当たっていた。その感触を覚えてしまう前に、レンは両手を挙げる。ほっと息を吐いた後、アマリリサはレンの背中へ回った。

彼女は小さく囁《ささや》く。

「肩、治療しますね……その、旦那様」

「待て待て待て。何故《なぜ》か呼び方がおかしくなってる」

「さて、あの二人はなかなか愉快なやり取りをしているけれどね。こちらは脅迫といこうか。先輩、本日女生徒が本を抜かれて殺された。闇の情報網で君は何かを知らないかな?」

刃物の先端を、アンネは僅かに押し進める。

ギルバートはカタカタと震えた。唾を飛ばして、彼は叫び始める。

「知らない! 知らない、私は何も……」

だが、そこで彼は言葉を止めた。

何かを迷いながらも、ギルバートは続ける。

「ただ、私の予想が確かなら」

「確かなら?」

「もっと多くの人間、が」

そこで、不意にアマリリサの出した光源が弾《はじ》け飛んだ。

眩《まぶ》しい金の飛沫《しぶき》が散る。周囲は、漆黒の暗闇に堕《お》ちた。

ふっと、ギルバートの気配が消えた。彼は逃げ出したのだ。すかさず、アンネが叫ぶ。

「追うよ!」

「ああ!」

レンとアマリリサは後に続いた。だが、外に出るとギルバートの姿は既になかった。彼は上級生だ。下級生の知らない通路を知っていてもおかしくはない。逃げた先で転移魔法を使われれば終わりだ。そう、レンが考えた時だった。

悲鳴が聞こえた。

この世のものとは思えない絶叫が。

「こっちだ！」

「ああ、そうだね！」

レン達は走り出す。他にも声が聞こえたのか、人の集まる気配があった。見咎《みとが》められれば叱責されるかもしれない。だが、それでも構わなかった。

勢いよく、レン達は外に出る。

冷たい夜風が肌を撫《な》でた。『無限図書館』の外壁に住まう鴉《からす》達が一斉に羽ばたく。夜の中に黒が散った。幾枚もの羽根が、花弁のように降り注ぐ。

正門に向かう道半ばに、ギルバートは倒れていた。

転移魔術を使おうとしていたのだろう。彼は本棚を展開していた。

そして、その中はまた空になっている。

ギルバートは大量の血を吐いていた。
彼の目は、確かな絶望を映している。

「……第二の殺人だ」

レンは呟く。アンネは頷《うなず》いた。アマリリサは声なき悲鳴をあげる。
夜闇の中で、鴉が croak と鳴いた。

魔導書学園の
禁書少女

第十一章　生徒会と正義と、詰問

「第一の殺人と第二の殺人は趣が違う。わかるかな、少年？」

翌日の昼、晴れた中庭のベンチにて。

レンはアンネにそう声をかけられた。

昨夜、レン達は人に見咎《みとが》められる前に、アマリリサの転移属性の魔術を使い、場を後にした。死体発見後の学園は、流石《さすが》に騒《ざわ》めいている。今日もまた、全校生徒を対象に本棚点検が行われていた。だが、やはり学園側は犯人探しには消極的だ。

今回もまた、何も見つからないだろう。

ともあれ朝の拘束時間から解放され、こうして二人は合流している。

レンは手を組み合わせた。嚙《か》み締《し》めるように、彼は答えを口にする。

「被害者の持っていた本、の違い、か？」

「そう。第一の被害者は複合属性の希少本を持っていた。だが、第二の被害者、ギルバート君が持っていたのは永続属性と転移属性……評価の高い物語ではあるが、ふたつとも決して希少とは言えない。第二の殺人は、ギルバート君が言おうとしていた『何か』を封じたか……あるいは別の目的があったのかもしれない」

「別の目的、ね」

「まだ、わからないさ。だが、考えてみる必要は……」

アンネは厳かに言う。レンは頷きかけた。そこで誰かが駆けてくる音が聞こえた。うん？　とレンは首をひねる。勢いよく、地面が蹴られる音が続いた。

背後から、相手はレンの首に腕を回した。

「レン氏、どーんっ！」

「はい、ベネー。空気読もうな」

ぴこぴこと獣耳の揺れる頭を、レンはわしゃわしゃと撫でる。彼からすれば、彼女は歳《とし》の近い妹のようなものだ。ベネは気持ちよさそうに目を細める。元気よく、彼女は言った。

「生徒会長が病欠の間に、大変なことになったよねー。あの人さえいれば殺人なんて起きなかったのにって。生徒どころか教師まで嘆いてるよー」

「えっ、今って生徒会長は学園に不在なのか？　というか、あの人さえいればばって……そんなに影響力のある人なのか？」

「そだよー。知らないのはレンくらいじゃない？　『無限図書館』の生徒代表なうえに、教師と違って正義感から動くって評判じゃん。信奉者も多いよ」

ベネは生徒会関係の噂《うわさ》が好きだ。彼女は自身の知る情報を告げる。

それから、彼女は声を殺した。

「……で、さ。ここからが本題なんだけどね」

そこで、ベネは言葉を切った。蜂蜜色の瞳で、彼女は辺りを見回す。獣耳の先端が、神経質に左右に揺れた。心配そうに声を潜めつつ、ベネは二人に尋ねる。

「レン達、何したの？」

「何って？」

内心の驚愕《きょうがく》を隠し、レンは問いかけた。もしや、昨夜のことがバレたのかと疑う。だが、ベネが知るはずもない。そう考えるレンの前で、彼女は難しい顔で続けた。

「ほら、本棚の一斉点検を手伝っていた人達。生徒会メンバーいたでしょ？　あの人達が、レンとアンアンを呼んでるんだよ」

そして流れるように、彼女は続けた。

「ギルバートさんのことで、聞きたいことがあるんだって」

＊＊＊

「こちらへどうぞ」

「どうも」

生徒会メンバーの案内で、扉が開かれる。頭を下げ、レンはそこを潜《くぐ》った。

彼とアンネは重厚な書斎へと連れてこられた。他の部屋と同様に、この一室も壁面は本棚で埋められている。革張りのソファーの上には、既にアマリリサがいた。その姿を見た途端、レン達は何故昨夜のことがバレたのかを悟った。

二人を見上げ、彼女は言い訳をするように囁《ささや》く。

「ギルバート先輩の死亡前の様子を、先輩達に話せば何か変わるかと思って……」

「それで、素直に私達のことまで喋《しゃべ》ってしまったわけか」

アンネは肩をすくめた。すまなそうに、アマリリサは目を伏せる。

だが、しかたがないとレンは頷いた。あまりにもアマリリサらしいと言える。

投げやりな気持ちで、レンはソファーに座った。大人しく、彼は生徒会の沙汰を待つ。

部屋の入り口は、生徒会のメンバーによって塞がれていた。だが、しばらくすると扉が開かれた。見張りをしていた生徒会のメンバーが、現れた別の一人へと声をかける。

「お疲れ様です」

「やあ、お疲れ様」

レンは顔をあげる。聞き覚えのある声だった。

案の定、そこには見覚えのある女生徒がいた。華やかな美貌の上級生、リシェルだ。

笑顔で、彼女は片手を挙げる。

「やあ。私と君達は知らない仲でもないからね。話を聞く担当とさせてもらったよ」

「……リシェル先輩。貴女《あなた》もこの事件の捜査にあたっているんですか？」

「うん、その通りだ。本の一斉確認の時にもいたよ？　ところで、アマリリサ君に話は聞いた……どうやら嘘《うそ》はなさそうだ。君達の蛮行は褒められたものではないが、積極的に責めることでもないと言えるだろうね。学園は実力主義だ。あの夜、咎《とが》められずに逃げ出せたのならば、今更責めるべきではない。それに……」

意外な言葉が返った。レンは目を細める。

その前で、リシェルは堂々と語った。

「犯人は別にいそうだからね」

「わかるんですか？」

レンは尋ねる。

重々しく、リシェルは頷いた。落ち着いた声で、彼女は語った。

「本を抜く犯罪は通常、複数犯では行われない。希少本の所有を巡って確実に揉《も》めるからだ。犯人は君達三人組ではないだろう……だが、今後、夜に出歩くのはオススメしない」

生徒には外出自粛が言い渡されている。当然の指摘だろう。

レンはそう考えた。だが、リシェルは思わぬ言葉を続けた。

「私達生徒会メンバーには、教師に代わって法を執行する私刑の権利が与えられている。故に、いらぬ誤解を買う行動は避けた方が無難だ。夜に遭遇すれば、私達は君達を処罰するかもしれない」

「私刑……つまり、犯人を生徒の手で殺すということかな？」

軽やかに、アンネは尋ねる。思わず、レンは息を飲んだ。アマリリサも同様だ。その行為は無茶苦茶《むちゃくちゃ》だった。法とはとても言えない。だが、アンネは気に留めずに続けた。

「『鳥の王』、相手の活躍も見事でしたが、本当のあなたの実力はあの時よりも上でしょう？　あれ以上本気を出せば、加害者の生徒が死にかねなかった……いや、言い換えれば『あの程度の活躍の方が、加点は高く、減点はない』。そう計算して、あの時、あなたは動いていたんだ。だから、今、正体の知れない犯人にも強気でいられるわけですね」

「おやおや、バレていたとは」

愉快そうに、リシェルは笑った。無慈悲に、彼女は続ける。

「ただ、少し訂正しよう。学園は実力主義だ。私も全力を出してもよかったが……大規模魔法で何人かを巻きこむと下級生諸君からの好感度が下がりかねなかったからね。アマギス先生に主な活躍を譲ったのさ。だが、今回は容赦はしない。他の生徒に見つかり、淘汰《とうた》される程度の者ならば犯人はいらないからね。この学園には必要ない。そういうことだ」

歪《いびつ》な言葉を、リシェルは言う。更に、彼女は自身の胸を押さえて続けた。

「それに、私は学内のいかなる犯罪も許すつもりはない。犯人は必ず殺す」

「何故《なぜ》、それほどまでに犯人に殺意を燃やすのですか？」

思わず、レンは尋ねる。

リシェルは微笑《ほほえ》みを浮かべた。恥じることなく、彼女は応える。

「それが、生徒達の上に立つ、生徒会というものだからだ」

他の生徒会のメンバーも一斉に頷く。どうやら、それは彼らの総意らしい。

納得がいかないものを、レンは覚えた。

力ある者が命を奪うと定め、無慈悲に執行する。それは横暴で傲慢なことではないのか。

だが、下級生の覚えた不満をリシェルは受け止める気がないようだ。他の生徒会メンバーの用意したメモを彼女は手渡された。羽根ペンを華麗に回しながら、リシェルは尋ねる。

「それでは、ギルバート君の生前の行動と、犯行の起こる直前の出来事について教えてもらえるかな？」

レン達は嘘偽りなく、全てを話した。何度も頷《うなず》きながら、リシェルは聞く。

三人の供述に矛盾はなかった。特に疑うべき点も見つからなかったらしい。

最終的に、彼女は満足げに微笑んだ。

「ご苦労。協力に感謝する」

それで、尋問は終わった。

三人は各々の寮に帰された。

＊＊＊

「特に、本日は大人しくしているように。いいですね」

「ええ、わかりました」

見送りの生徒会メンバーにレンは何度も言い含められた。硬い顔をした女性に、重ねて釘《くぎ》を刺される。深い疲労を感じながら、レンはその視線から逃れるように寮の扉を開いた。

ギシッと軋《きし》む音が鳴る。直後、中から声が溢《あふ》れ出した。

「あー、お前、それはないだろ？」

「うっせーよ、なんでもありだろうが」

「やっぱり、自作カードは二枚までにしねぇ？」

「それやったら面白くないだろうがよ」

「騒がしいなー」

寮内では教師の言いつけで閉じこめられた『小鳩《こばと》』の面々がカードゲームを行っていた。イカサマ、自作カードありのなんでもルールだ。なかなか白熱しているように見える。

中の一人が、カードを持ち上げた。彼はレンに誘いをかける。

「お前もやるか？」

「おー」

レンは床の上に座った。どうせ、今日は外出できない。即席のルールについて聞いた後、彼はカードを手に取った。そうして遊んでいる時だ。レンの左隣に、黒服の少年が座った。

彼は異様に強い。レンのカードが総取りされる。

誰かと、その横顔を見上げ、レンは叫びかけた。

「アン……」

「しー、静かに」

素早く口を塞がれる。アンネはレンの首根っこをひっ掴《つか》み、ズルズルと連れ出した。カードに夢中な面々は、何かトラブルでもあったかと、ひらひらと手を振って見送ってくる。

二人は建てつけの悪い扉から外に出た。冷たい風に、レンは全身を突き刺される。

彼は口を解放された。慌てて、レンはアンネに尋ねる。

「何しに来てるんだよ、ここ、男子寮だぞ？」

「それが、アマリリサ君から使い魔で連絡が入ってね」

「なんだって？」

「『犯人を殺すのはやはり間違っていると思う。己の手で犯人を捕まえたい』だそうだよ。やはりまっすぐなことだ」

呆《あき》れたような、感心したような調子で、アンネは首を横に振った。レンは腕を組む。

低い声で、彼は彼女に尋ねた。

「お前はどう思っているんだ、アンネ？　犯人は野放しでいいと考えているのか？」

「まさか！　私は正義側の人間だよ。ただ……アマリリサ君はあまりに危うすぎる。流石《さすが》に、心配になるとも」

柔らかく、アンネは目を細めた。その慈しみに溢れた表情を見て、レンは腕を解く。アンネという少女はやはり捉え難い。だが、彼女は黒布に再び身を包むと続けた。

「私は次に狙われそうな人間に心当たりがある」

「なんだって？」

レンは眉根を寄せる。それは重大な情報ではないのか。誰かに知らせるべきなのか、彼は迷った。だが、生徒会のメンバーに知られれば、犯人は間違いなく死刑だ。その展開は、レンもアマリリサも望みはしない。ならば、被害者は自分達が守る他になかった。

詳しく、レンは話を聞こうとする。

だが、アンネは首を横に振った。今後について、彼女は語る。

「今日は何も起きないだろう。全員が寮に引きこもっているからね。しかし、明日には通常授業が行われる。何かが起こるならばその狭間《はざま》だ」

「……数日くらい、授業なんかなくてもいいのにな」

「そこが『無限図書館』の非情で異常なところだね。それでは少年、また明日」

ひらり、アンネは手を振る。

黒布をなびかせながら、彼女は続けた。

「今度は殺人を防げることを祈ろう」

CHARACTER.5

リシェル・ハイドボーン

所有物語

- 複数

得意物語

- 複合属性

生徒会裏人気投票で第一位だった
才女。正義感が強く、潔癖のきらいがある。
一般生徒からのその人気は絶大。
怖いものや苦手なものは
私にあるはずがないだろう、とのこと。
本当にないのかもしれない。

The Forbidden Girl of Grimoire Academy

第十二章　逃走と追跡、白の竜

翌日、授業の一時終了した昼休み。

何故か、レンの席の周りは凄《すご》いことになっていた。

バンッと、ベネが机を強く叩《たた》く。

「だーかーらー！　レンは私が一番に目をつけてたんだよ！　この人しかいないって思ったんだよ！　それなのに、後から二人も出てくるなんて聞いてないやい！」

「ほうっ、最初から少年一筋とは、ベネベネはお目が高いな。その心は？」

「私の獣耳を唯一気にも留めなかったんだよ！　それから話してるうちに、相手の痛みを自然と察して、寄り添ってくれる人だと思ったんだい！」

「うーん、ベネベネのこの分析力は評価に値するな」

「でしょー？　じゃないんだな、これが！」

「……あの」

そこで、アマリリサが声を絞りだした。彼女は『大鴉《おおがらす》』のクラスから、こっそりと遊びに来ている。この騒ぎは、それに対して、ベネがブチ切れた結果生じたものだ。

空いていた席に、アマリリサは着いている。ぎゅっと両手を膝上で握り、彼女は続けた。

「優しさに触れたのは、貴女《あなた》だけではありません……いいな、と思うのに、先だったとか後だったとか、その……順番はないと思います」

「ほほう、つまり、アマリリサ君は少年のことをいいと思っている、と？」

「……ッ！　あ、あくまでも一般論と照らし合わせていい方だなと考えているだけで、私が特別に彼を思っているとか、そんな、別に」

「やれやれ、素直じゃないな」

「そういう貴女はどうなんですか？　前は伴侶を自称していたようですが！」

頬《ほお》を紅《あか》く染めながら、アマリリサも机を叩いた。

悠々と、アンネは長い脚を組む。あくまでも優雅に、彼女は告げた。

「そう、何を隠そう、少年は私の伴侶のようなものだからね、イテッ！」

「お前もわけのわからん話題に参戦するな」

自分のことで、何をそれほど白熱することがあるのか。レンにはわからない。そもそも、殺人事件にひりつく日々の中、こんな話で揉《も》めている現実が意味不明だった。

レンはアンネの額を軽く叩いた。横暴だと、アンネは唇を尖《とが》らせる。

二人の様子を、ベネは頬を膨らませて眺めた。ぺたりと獣耳を倒し、彼女は訴える。

「なんか複雑ー、容赦ないツッコミに親愛を見ちゃうよねー」

「おや、ベネベネ、鋭いね。私と少年は突っ込み、突っ込まれる仲なのさ。イッター！」

「お前、それは完全に駄目だからな」

拳で殴られ、アンネは頭を押さえる。

真剣な顔で、アマリリサは腕を組んだ。

「……突っ込まれる、仲」

「アマリリサ、そこの意味は真剣に考えなくていい」

「レン氏ー」

「なんだディレイー」

「ここに大きなハサミが」

「殺意は隠そうな？」

しっかりとハサミを構えるディレイにレンはそう告げた。特徴的なインバネスコートの袖に、彼はそっと大事に凶器を仕舞《しま》う。いや、持ったままでいるなよとレンはツッコんだ。

それを、ディレイは綺麗《きれい》に流した。彼は不服そうに言う。

「獣耳っ子のベネ氏に、謎多き美少女アンネ氏、更に名高き才女アマリリサ氏まで加わったときては、これはもう、殺していないのは友情の賜物《たまもの》と言うべきでしょう」

「赤の他人なら既に殺されてるとか、物騒すぎるだろ」

レンはため息を吐《つ》く。ディレイはふんと鼻を鳴らした。獣耳っ子って言うなとベネが怒る。アマリリサは私は加わっていません、いえ、でもと言い淀《よど》む。アンネがにぃっと笑う。

喧々囂々《けんけんごうごう》、いつものやり取りが交わされた。いや、とレンは思う。

アンネが来てから、幾つも不吉なことが続いている。

だが、前よりも随分とにぎやかになったものだ。

やがて、ディレイが立ち上がった。彼は楚々《そそ》とした様子で言う。

「次の授業が始まる前に、ちょっとお花を摘みに行ってきますぞ」

「手洗いに行くって言え」

にっしっしっと、ディレイは意味なく笑った。手を振って、彼は歩いていく。

十数秒後、レンとアンネとアマリリサは立ち上がった。レンはベネの頭を撫《な》でる。

「いい子で待っててくれよ、ベネ」

「んー、何さ、何さ。何が起きるのさ」

「なんでもないから、ここにいてくれ」

そう言い聞かせて、レン達は歩き出した。不審に思っているらしいが、ベネは大人しくその場に残る。胸の内で、レンは言わなかった言葉を転がした。

――殺し合いになるかもしれないから。

＊＊＊

「次に危ういのはディレイ君だ」

授業の始まる前。

本の並ぶ空き部屋にて、アンネはレンにそう告げた。

急に出てきた親友の名に、レンは面食らう。同時に、彼は訴えた。

「そんなわけないだろ？　アイツは『小鳩《こばと》』所属だぞ？」

「『小鳩』所属だからだよ。他の上位クラスの面々は、警戒していて固まって行動している。狙われるのならば、下位クラスの物語だ」

「でも、ディレイの物語はなんの役にも立たない……」

「一見、そう思えるがね。精神干渉属性。しかも、『子供の頃の悲しいことを思い出させる』効果の特異性は一級品だ。トラウマ持ちには素晴らしい対抗のカードにもなる。私ならコレクションに加えることを選ぶね」

　ぐらりと、レンは目の前が揺れる感覚を覚えた。ちょっと変わった親友のことを彼は思い返す。ディレイはベネ曰《いわ》く、変態だ。だが、その実態は、友人想《おも》いの気のいい男だった。たまに、レンは思う。実はディレイは鋭い。彼は『ユグロ・レン』の本質に気づいているかもしれなかった。それでも、彼はいつでも、レンの友人でいてくれている。

　慌てて、レンはアンネに向けて訴えた。

「ッ……なら、アイツに早く知らせないと」

「それはオススメしないね。本当に狙われるか否かはまだわからないんだ。それに、彼をあからさまに護衛しては犯人に接触できない」

　冷静に、アンネは応える。流石《さすが》に、レンは頭が煮えるのを覚えた。灰が、脳裏を流れる。いつ人が灰に変わり、失われてしまうかはわからないのだ。だからレンは強固に反発した。

「そのために、親友を危険に晒《さら》せって言うのか！」

「彼は必ず守る！」

　鋭く、アンネは答えた。彼女の紅の目の中には真摯な輝きが浮かんでいる。

　思わず、レンは息を呑《の》んだ。迷うことなく、アンネは続ける。

「私はこれ以上、被害が出るのを防ぎたいだけだ。信じて欲しい。死に晒された人を、私は決して見捨てはしない」

「……どうして、お前はそんなに必死になるんだ？」

レンは尋ねる。アンネは人格破綻者を自称している。だが、彼女は殺人に対して実に真摯に向き合っていた。アンネは穏やかに笑う。そして、レンに告げた。

「決まっているだろう？」

私は正義の味方側だからだよ。

まるで、それだけはどうしても信じて欲しいと言うように。

自身に言い聞かせるかのように。

レンは下を向いた。唇を噛《か》む。考えに考えた末に、彼は答えを口にした。

「お前を信じるよ」

それは最後には迷いなく、

レンの決めたことだった。

＊＊＊

「ここまで、狙い通りにいくとはね」

「くっそ、止まれ」

そして、今。

レン達の前では、黒い影がディレイを抱えて走っていた。相手は単独行動をしていたディレイに近づき、気絶させたうえで運び始めたのだ。その後を、レン達は追いかけている。

犯人は見つけた。後は捕まえ、ディレイの安全を確保するだけだ。だが、それはまだうまくいっていない。いくつかの秘密の通路も経由しながら、長い逃走劇は続いた。

やがて、犯人は明るいところへ飛び出した。花の匂いと湿気に、レン達は包まれる。

ここはどこかと、レンは辺りを見回した。そして、彼は気がつく。

温室だ。

中には様々な植物達が咲き誇っている。その中央で、犯人は足を止めた。どさりと、彼はディレイを床の上に落とす。犯人は振り向いた。黒布を頭から被《かぶ》った、見覚えのない男子生徒だ。恐らく、上級生だろう。レン達の姿を眺めながら、男子生徒は不気味に囁《ささや》いた。

「……見られた」

「ああ、見たとも。生徒会メンバーも君を探している。見つかれば間違いなく私刑で処刑だ。大人しく、投降することをオススメするよ」

「……見られた。見られた。見られた」

「おい……アンネ。コイツ、なんだかおかしいぞ」

ブツブツと、犯人は呟き続ける。まるで、状況を認識していながらも、何も目に入っていないかのようだ。突然、彼はバッと両腕を宙に突き出した。高らかに、犯人は叫びだす。

「開示！『白竜は地の底に住んでいた。そこは人の訪れぬ地。熱とガラス化した砂に覆われた彼の棲家《すみか》だった。その底で彼は』」

本棚の開示直後、犯人は一冊の本を手に取った。更に、彼は迷いなく詠唱を始める。

レンは悟った。変身属性の物語だ。レンは唇を噛む。変身属性は、他者ではなく、詠唱者だけに効果を及ぼすため、物語の複写の仕様がない。

永続と同様にレンにとっては天敵と言える属性だった。

瞬間、アンネが叫んだ。

「開示！『水の精霊は槍《やり》を投げた。彼女の天敵にその怒りを伝えるために』」

禁書ではない。アンネが表に出す本棚にしまっている、水属性の物語だ。水の槍が放たれる。犯人はそれを半ばまで変わった尾で打ち払った。驚いたように、アマリリサが言う。

「まだ、完全変身の前ですよ？」

「ベネ君の戦いと、『鳥の王』の惨事を忘れたのかい？　魔術師同士の正々堂々とやらにこだわっていたら、やられるのはこちらだよ！」

アンネの言葉にアマリリサは頷《うなず》く。その間にも異様な早口で、相手の詠唱は続けられた。完全変身を遂げると、物語は紡げなくなる。そうなる前に、変身をより強固なものにしようという試みなのだろう。だが、そのわりには詠唱がおかしかった。

「『彼は言った。私は地の底で生きるべきではない。天を泳ぐべきだ。空を奪うべきだ。全ての人は私を仰ぎ見るべきなのだ。私にはそれが許されている。天を泳ぐことが。空を奪うことが。わ、わ、わ、私は』」

「『氷の女王よ、糸を紡げ。銀の糸を、氷の糸紡ぎで。貴女《あなた》の幼子のために』」

アマリリサが氷の針を放つ。竜のまだ残された口を狙い、喋《しゃべ》りを封じるためだ。だが、竜は宙へ舞い上がり、それを躱《かわ》した。レンは目を見開く。まだ、詠唱は続けられた。

「『わ、わ、わたしは恐れぬ。私は怯《ひる》まぬ。私は高らかに叫ぶ。新たな王がこの地に君臨すると、わ、わたしが、ワタシ、私』」

「詠唱が長すぎる！　変身属性で無謀だ！　戻れなくなるぞ！」

アンネが叫んだ。レンにもそれはわかっていた。変身属性は詠唱を長くしすぎると自我が崩壊し、完全に戻る術《すべ》を失う。そうすれば、詠唱者はもう人間とは呼べない。だが、竜と化した犯人は口が完全に変わる前に最後の一節を吐いた。

「『ワタシは、白の竜！』」

完全に、犯人の体は怪物に変わる。

その異様を、レン達は見上げた。彼らには恐ろしい事実がわかっていた。

詠唱は長すぎた。

この犯人はもう二度と。

人間には戻れない。

＊＊＊

緑に萌《も》える植物の上を、白い竜が飛ぶ。

激突された木が、揺れながら枝を落とした。天井から垂れた植物が、背びれに撫《な》でられ、花びらを散らす。紅と黒が雨のように降った。ふたつの色の中を、白色は泳ぐように舞う。

悠然と飛ぶ竜を前に、アマリリサは呆然《ぼうぜん》と呟《つぶや》いた。

「……どうすればいいんですか？」

「まさか、もう二度と戻れない怪物と化すなんてな」

「あんな規模の変身は拘束が効きません！　しかも、どれだけ攻撃したところで彼は戻らず、止まらない！　ならば、どうすればいいんですか……」

「殺すしかないだろうね」

冷たく、アンネが答えを告げた。

ぐしゃりと、アマリリサは金の髪を掻《か》き乱す。悲鳴のように、彼女は叫んだ。

「私には無理です！」

「安心したまえ。私がやる。それしか、もう、彼にも安息はない」

迷いなく、アンネは答えた。何かを言おうとして、レンは言葉を呑《の》み込む。アンネの目の中には、人に死を与えることを受け止める覚悟があった。静かに、彼女は続ける。

「私が、やる」

「でも……アンネさんがどうやって」

「少年。アマリリサ君を連れて逃げていてくれ。あとはなんとかするから」

アンネの言葉に、レンは頷き、また、首を横に振った。禁書を使うところを、アマリリサに見られるわけにはいかない。だが、アンネを一人にしておくわけにもいかなかった。

覚悟を決めて、レンは言う。

「俺は戻ってくるよ」

「馬鹿かな君は、何を言って……」

「俺も一緒に背負う」

もう元には戻せないものを殺すのならば、それは自分も共にするべきだ。物語を持たない彼には、何もできない。それでも全てを見届けて、受け止めるべきだった。

レンは、そう考えた。アンネだけに何もかもを背負わせるわけにはいかない。

「お前を一人にはしないよ」

レンはそう告げる。瞬間、アンネは衝撃を受けた顔をした。レンは瞬《まばた》きをする。彼女らしくない表情だ。微《かす》かに、アンネは唇を震わせた。彼女は何かを言おうとする。

その時だ。竜が降りてきた。それは口を開いて、レン達を狙う。

「ッ、『全ての害なすものは去れ』」

アマリリサの拒絶属性の物語が炸裂《さくれつ》した。白の竜はそれをまともに食らった。彼の口元が霧散しかける。ハッとして、アマリリサは物語の効果を消した。白竜が顎を振るう。

「————ッ！」

レンはアマリリサをかばった。鋭い牙が、レンの横腹を傷つける。続けて、竜は二人を噛み砕こうとした。痛みに震える足で、レンはアマリリサの腰を抱いたまま後ろに跳んだ。

震えながら、アマリリサは呟く。

「私に……私にだけ、覚悟がないせいで」

「いいから、アマリリサ。お前は逃げてくれ……お前は優しい奴《やつ》だ。それでいい」

ハッと、アマリリサはレンを見上げた。彼女に向けて、レンは優しく告げる。

なるべく、それが本心からの言葉だとわかるように。

「お前はそれでいいんだ」

レンはアマリリサを逃がそうとする。だが、白竜が追ってきた。自分が噛まれれば、アマリリサの転移の時間は稼げる。それから、アンネが禁書で白竜を殺し、自分の治療が間に合うかは五分五分だろう。だが、賭ける価値はある。そう、レンは瞬時に覚悟を決めた。

その時だ。

彼は突き飛ばされた。視界が移動する。レンはまぬけな声をあげた。

「えっ？」

「貴方《あなた》の方が、優しいですよ」

犯人はアマリリサだった。レンを攻撃が届かないところまで逃がし、彼女は笑う。

翠《みどり》の目の中には泣きそうな光が湛《たた》えられていた。

瞬間、アマリリサの腹に、鋭い牙が食い込んだ。

「アマリリサ！」

『『炎の使徒は吼《ほ》えた。自らの乗り手を守るためだけに』』

アンネが炎属性の物語を詠唱する。嫌がらせ程度の火球が飛んだ。白の竜は損傷は受けなかったものの、わずらわしそうにアマリリサを吐き出した。アマリリサは地面に転がる。

鮮やかな紅色が、じわりと床上に広がった。慌てて、レンは彼女に駆け寄る。

「大丈夫か、アマリリサ！」

「貴方こそ……ご無事ですか？」

息も絶え絶えに、アマリリサは尋ねた。その腹の傷をレンは押さえる。血の温かさが肌に伝わった。彼女の問いに、彼は頷いた。穏やかな微笑《ほほえ》みを浮かべて、アマリリサは言う。

「よかった……私の、旦那様」

そこでアマリリサは目を閉じた。

まさかと、レンは思う。だが、アマリリサは息をしていた。どうやら、気を失っただけらしい。彼女を抱え上げながら、レンは白の竜を睨《にら》んだ。その目を掻《か》い潜《くぐ》り、アマリリサを連れて逃げ出すことは難しいだろう。敵の下に倒れたままのディレイも、危険な状態だ。レンは歯噛《はが》みする。アマリリサは、虚《うつ》ろな彼を守り、旦那様とまで呼んでくれた。ディレイは友人と認めてくれている。二人とも絶対に守りたい。

その焦燥を読んだように、アンネは白竜を見つめて呟いた。

「彼女の優しさに、怪物になった君は気づかないのだろうね。それが人間性を喪失するということだ」

アンネは胸元から鍵を外す。彼女はそれを投げた。

くるくると回転し、鍵は巨大化する。それはアンネの手の中に収まった。アンネの服がドレスに変わる。鍵を自身に向け、彼女は言った。

「最早《もはや》、君を救う方法はひとつだけ。ようこそ、怪物」

――――ここから先は禁忌を紡ごう。

次の瞬間、アンネは自分の胸を貫いた。

血が、噴き出す。

カチッと、鍵の回される音が響いた。

＊＊＊

壮絶に破られたようなドレスが、風に翻った。

暴風と共に、黒い本棚が開示される。その側《そば》に、アンネは立った。本棚の中から、彼女は一冊の本を引き抜く。堂々と、アンネは呪われた中身を読みあげた。

「辯�:繧医らKK縺医h縲らKK縺医h縲らｧ√�蜻ｪ縺�りｲｪ譁ｹ繧貞測縺�ｮ縺吶◆繧√↓蜻ｪ縺�」

やはり、それは人間の声ではなかった。だが、レンの脳裏には徐々に意味が染み込んだ。

今回のそれは炎を元としている。

それは謳《うた》っていた。

燃えよ。燃えよ。燃えよ。

それは嗤《わら》っていた。

私は呪う。貴方を呪う。殺すために呪う。


白竜の尾に黒い炎が着く。それは音もなく、怪物の体の侵食を開始した。

怪物は温室の壁に尾を叩《たた》きつける。ガラスが音を立てて割れた。だが、炎は消えない。

それはまるで蝕《むしば》むように、竜を食べていく。侵食は容赦なく、無音のままに進んでいった。

やがて、怪物は半ばまで飲まれた。

瞬間、ソレは殺意も顕《あらわ》に頭を持ち上げ、咆哮《ほうこう》した。白竜はアンネに向けて特攻をしかける。だが、アンネは怯《ひる》まなかった。もう一度、彼女は本を開く。間に合うかは微妙な線だ。

瞬間、その横をレンは駆けた。

彼女の手から、彼は鍵を受け取る。レンの心に憎悪はなかった。明確な怒りもない。ただ、これしか方法はないのだと、静かに凪《な》いでいた。驚いたように、アンネが声をあげる。

「少年⁉」

「もう、眠れよ」

レンは竜の頭を鍵で殴った。轟音《ごうおん》をあげ、竜はそのまま地面に倒れる。顎まで、彼は燃え尽きていく。だが、竜は口を開いた。その中から牙が飛ぶ。怪物の最後の抵抗だ。

瞬間、レンはアンネを突き飛ばした。

「少年？」

「ッ！」

背骨を打たれ、レンは倒れ込む。

前にもこんなことがあったなと、彼は思った。

痛みは全身に広がり、そして。

ぷつりと、彼には何も見えなくなった。

＊＊＊

灰が。

灰が、広がる。

灰と錆《さび》が全てを侵食していく。だが、レンにはこれを見た記憶がない。ただ、彼は聞いた光景を無意識のうちに再現しているだけだ。当然、侵食前のことも何も覚えてはいない。

――お兄ちゃん。

大切な誰かがいたかどうかも、何ひとつ。

＊＊＊

瞼《まぶた》を開けると、涙が零《こぼ》れ落ちた。レンは頰《ほお》に触れ、首を傾《かし》げる。何故《なぜ》、自分が泣いているのか、彼にはわからなかった。また、現状もよく理解ができない。

体は温かな何かに包まれていた。頭の下には柔らかな感触がある。そこで、レンはハッとした。気がつけば、彼は服を着ていない。

「目が覚めたかい、少年？」

アンネに抱えられながら、彼は浴槽に浸《つ》かっていた。

状況がわからず、レンは瞬きを繰り返した。アンネはタオルを巻いているが、ほぼ裸だ。更に、彼の頭を自分の胸にもたせかけている。細い手は、優しくレンの髪を撫《な》でていた。

硬直しながら、レンは尋ねた。

「これは一体、どういう状況なんだ？」

「少年がうなされていたからね。頭を撫でれば、せめてもの慰めになるかと思って」

「違う、なんで、風呂」

「ああ、これは薬湯だよ。先生はアマリリサ君とディレイ君の治療で手いっぱいでね。君のことは、私が入れるように頼まれたんだ」

だからと言って、一緒に入ることはないだろう。そう、レンは言いたかった。だが、今はそんなことはどうでもいい。頭を彼女にもたせかけたままで、レンはアンネに尋ねた。

「アマリリサとディレイは？」

「安心したまえ、二人とも無事だよ。温室での出来事は誘拐犯が暴走。不可逆な変身の後に体が耐えきれず自己崩壊を遂げたことにしておいた」

「上手《うま》くやったな」

「おかげさまでね」

アンネは片目をつむる。その間も、彼女の白い手はレンの頭を撫で続けた。心地よさに、彼は思わずそのままにさせてしまう。やがて、アンネはぽつりと呟《つぶや》いた。

「ありがとう、少年」

「何が？」

「私を守ってくれて」

レンは瞬《まばた》きをする。それほどまでに礼を言われるとは、彼は予想しなかった。またアンネの声には不思議なほどに真摯な響きがあった。水音を立てて、レンはアンネに向き直る。胸元のタオルを、彼女は微《かす》かに引き上げた。その肌は湯温のせいか、仄《ほの》かに紅《あか》く染まっている。恥ずかしそうに、らしくない笑みを浮かべてアンネは言った。

「誰かに守ってもらうのはこれが二度目で、君が初めてだ」

それを聞いた瞬間、レンは思い出した。

お前を一人にはしないと、そう告げた時のアンネの顔を。

今まで、アンネは禁書を集める旅を続けてきた。それは、正義のための行いだという。禁書の被害者をもう出さないためだと、彼女は主張していた。そのために、ずっとこんな戦いを続けてきたのか。その間、誰にも守られることはなかったのか。

それは、絶対的な孤独ではないのか。

思わず、レンは手を伸ばした。彼はアンネの頰に触れる。

彼女の体は柔らかく、温かい。

肌は滑らかだ。甘い、アンネの匂いもする。今度は猫のように笑って、アンネは囁《ささや》いた。

「んー、どうしたんだい、少年？」

「いや別に」

「何が別になのかなー？　しかし、問い詰めたいところだが今はそれどころじゃなくてね」

　突然、アンネは声音を切り替えた。

　今までの猫のような様子からは一転して、彼女は表情を引き締める。

「君が完全に目覚めたのならば、残念なお知らせをしなければならない」

　レンは目を細めた。一体、何があったと言うのか。

　身構える彼の前で、彼女は告げた。

「下級生の一人が、また本を抜かれて殺された。私達が白の竜を殺した後に、だ」

　ぐわんと、レンは殴られたような目眩《めまい》を覚えた。

　それでは、白の竜に変身した生徒は犯人ではなかったのか。ならば何故、ディレイを攫《さら》ったのか。悩む彼の前で、アンネは言った。

「可能性は三つある。一、彼は事件とは無関係だった。二、犯人は複数いた」

　ディレイを攫い、不可逆な変身までした以上、一の可能性は薄いだろう。だが、本を抜く殺人で二の可能性も低いはずだ。レンはそう頭を抱える。

　その前で、アンネは指を立てた。

「三――別に真犯人がいる」

まるでそれが真実だと、
何もかもわかっているかのように。

CHARACTER.6

ディレイ・デンリース

所有物語

- 防衛属性
- 精神干渉属性

得意物語

- 防衛属性

特徴的なインバネスコートを
着ている少年。レンの親友でもある。
言動がアレだが、察しがよく、友人想い。
実は顔がいいことに、
誰も気がついていない。
怖いものや苦手なものは
あんまりないが、実家と何かあるもよう。

第十三章　呼び出しと、禁書の開示

薬草の調合された、独特な香りが鼻を打つ。

医療室は、本棚の狭間《はざま》に大量の植物が飾られた奇妙な部屋だ。中には、清潔なベッドが等間隔で並べられている。その上で毛布にくるまって、見知った人物が二人眠っていた。

ディレイとアマリリサはまだ、目を覚まさない。

「大丈夫かな……大丈夫かなぁ……」

繰り返し呟きながら、ベネは二人の間を何度も往復していた。治療士の教師いわく心配はないと言う。だが、不安で心配で、仕方がないらしい。その獣耳はぺしゃんこのままだ。

繰り返し、ベネは嘆いた。

「私もついてけばよかったんだ。そうすれば、怪物が自滅するまで、駆け回って時間を稼げたかもしれない。私の身体能力なんて、こんな時しか役に立たないっていうのに」

「ベネ……それは違う。お前がいてくれても、結果は変わらなかったよ。ごめんな。二人が倒れているのは俺のせいなんだ」

レンはそう謝った。くしゃくしゃと、彼はベネの蜂蜜色の頭を撫でる。

泣きそうに、ベネは顔を歪《ゆが》めた。彼女に向けて、レンは言う。

「せめてちゃんと、決着はつけるよ」

ベネは首を傾げる。白の竜はもう死んでいるのだ。それなのに、何を言うのかと疑問に思っているのだろう。彼女には意味はわからなくていい。だからレンは別の言葉を続けた。

「ううん、なんでもない。もう、終わりだ」

そう、彼は頷《うなず》いた。

もう一度、ベネの頭を強く撫で、レンは歩き出す。

ここ数日の悲劇で喜劇な日々を終わらせるために。

全ての決着をつけるために。

＊＊＊

中庭は迷路になっている。その上、教師の目にはつかない一角が多々存在した。

中でも木々の間には隠し部屋があった。規模は教室一個程度。やはりその壁は書棚で埋められている。今朝も探索がされたがそこに不審者の類は隠れてはいなかった。ここはあくまでも無辜《むこ》の生徒達が逢《あい》引きなどに使う平穏な場だ。だが、緊急事態の今は誰も来ない。

レンとアンネはそこを利用した。

招待状はもう送り終えている。

今夜の主賓を、二人は座して待った。

やがて、薄暗い部屋の中に靴音が響いた。一人のほっそりとした女性が現れる。彼女は紅《あか》い髪を揺らし、華やかな美貌をあげた。アンネがその名前を呼ぶ。

「来てくれたんですね。リシェル・ハイドボーン」

いっそ甘く、アンネはその名前を呼ぶ。

生徒会メンバーの末端、正義を執行する側の女性は微笑《ほほえ》んだ。

＊＊＊

「物騒な手紙をもらってね……学内の犯罪は私の仕業ではないかと。沈黙を保ち、招きを無視すれば全てを暴露すると。それが君達だとはね」

「逃げないでくださったこと、ありがたく思いますよ」

「ええ、来ない可能性もあると、そう、俺達は考えていました」

流れるようにアンネは語った。レンも後を続ける。

リシェルはため息を吐《つ》いた。豪奢《ごうしゃ》な髪を揺らして、彼女は首を横に振る。

「困るな、アンネ君、レン君。何を勘違いしているのか知らないが、私には全ての殺人においで明確なアリバイがある」

流れるように、リシェルは語った。両腕を開き、彼女は声を響かせる。

「第一の殺人時、中庭には一年生しか入れなかった。第二の殺人時、私は生徒会のメンバーと一緒に見回りをしていた。第三の殺人時も同じだ。ほら、どうやって人なんて殺せると言うんだい？」

「それは後回しでもいい。今は、私が貴女《あなた》を疑った理由からお話ししましょうか？」

リシェルの供述に、アンネは堂々と答えた。

スカートの裾を摘《つ》まみ、彼女は優雅な礼をした。それから、アンネは語りだす。

「二つ目の殺人は犯人の口を閉ざすためもあったが、他にも殺害理由が考えられた。被害者は下級生の血で実験を繰り返していたギルバート。つまり、彼は犯罪者だ。貴女は『学内のいかなる犯罪も許すつもりはない。犯人は必ず殺す』と明言していた。彼に対して、貴女はその正義を執行したんだ。違うかな?」

「何を馬鹿な。そんなことで人を殺すものか……それに、繰り返しになるけれどもね、私にはアリバイが」

「アリバイは何ひとつとして問題にならないんですよ、先輩」

アンネはリシェルの言葉を切って捨てた。

鋭く、彼女はその真実を告げる。

「禁書があればね」

リシェルの顔が凍った。人形のように、彼女は無表情になる。

そんなリシェルに向けて、アンネは微笑みかけた。

「『沈黙を保ち、招きを無視すれば全てを暴露する』。こう言われて、貴女はアリバイがあるというのにやってきた。暴露されては困る事情……禁書の所持を抱えているからだ」

そう、アンネは指摘する。更に、彼女は言葉を重ねた。

「貴女が起こした最初の事件。それは一年生の誰かに実行させた殺人ではない。鳥の王の暴走事故だ……いや、恐らくアレも最初とは言えないな」

アンネは自身の顎に軽く指を添えた。リシェルは何も言わない。

流れるように、アンネは推測を口にしていく。

「あの事件で、裏人気投票で三位につけていた男子は失墜した。そして、貴女の評価はあがった。貴女だけが得をしたんだ。今までも、貴女はそうやって、小細工を繰り返してきたんでしょう？　貴女は美しいが、絶世の美女というわけでもない。それなのに積み上げた結果が、末端メンバーでありながらの一位だ。また、貴女は多くの人間も操ってきた」

リシェルの表情に罅《ひび》が入る。醜く、彼女は顔を歪《ゆが》めた。その全てを目にし、レンは聞かされていた情報が本当だったことを確信する。

今も、アンネは淡々と事実を告げた。

「精神操作属性。それが、貴女の禁書の正体だ。そう考えれば、第二の事件でギルバート君が何を言おうとしていたかも見当がつく。彼は自身と同様に目立たないよう振る舞っている生徒の何人かの精神が、何者かに奪われていることに気づいていたんだ。だから、『もっと多くの人間が死ぬ』と警告しようとした」

ギルバートの死に際を、レンは思い返す。

そして、警告する前に彼は殺されたのだ。

更に、アンネはリシェルの罪を重ねていく。

「白の竜と化した生徒には誰かに見つかり次第暴走するよう指示が下っていたんだろうね」

「……貴様」

「これで、犯人が死んだというのにまた殺人が起きた理由も説明がつく。精神を操作された人間が犯人にされていたのならば、本は最終的に真犯人の下へ集まることとなる。複数犯は問題にならない」

「でも、私が、他でもない私が禁書持ちだという根拠は薄いはず」

「まだ言わせますか、先輩？」

アンネは首を傾《かし》げた。銀髪がさらりと音を立てる。

ナイフを進めるように、彼女は言葉を続けた。

「何故《なぜ》、犯人達は希少本を持つ生徒を迷いなく狙えたのか。一人目の生徒は私の耳にもなんなく入る程度には噂《うわさ》が広まっていた。だが、ディレイ君は？　誰が希少本を持つかを知るのは、全生徒の本棚点検に同行した生徒会メンバー以外にいないんですよ！　そして、鳥の王の暴走事故や投票結果から、精神操作属性の禁書を持つのは貴女としか考えられない……いかがですか？」

ガクリと、リシェルは頭を落とした。紅髪がその表情を覆い隠す。レンは息を呑《の》んだ。

リシェルは動かない。だが、しばらくしてその肩が震え出した。

リシェルは、

リシェルは笑っていた。

楽しげに、

愉快げに、

狂的に。

「なるほど、なるほど、なるほどね」

そして、彼女は言う。

「まさか、禁書の存在がバレるとは思わなかった」

リシェル・ハイドボーン。

そう、彼女は——禁書使いは己の犯行を認めた。

＊＊＊

「何故、ですか。何故、こんな」

事件を起こしたんですか？

そうレンは尋ねる。問いながら、彼はリシェルは答えないだろうと思った。

だが、予想と反して、彼女は口を開いた。リシェルは軽やかに言葉を返す。

「ん？　何故かって？　そりゃ当然。今なら、生徒会長がいないからだよ」

「——は？」

告げられた言葉が、レンには理解できなかった。思わず、彼はまぬけに口を開く。

その前で、リシェルはいっそ上機嫌に続けた。

「『図書館』持ちでありながらも、未熟な魔術師が集う学校は絶好の狩場だ。卒業までに、私はより多くの本を集めなくてはならない。犯人は、見つからない限りは称賛されるべきだ。それなのに、あの人がいては何もできやしないからね。早速、不在を狙ったんだ」

あっさりと、リシェルは答える。そこで、彼女は再び口を閉ざした。

重い沈黙が落ちた。

絞り出すように、レンは尋ねた。

「……それだけ？」

「それだけって？　『それだけ』じゃないだろう？　魔術師は後継になるべく多くの本を伝えることこそ悲願だ。私は義務を果たしただけだよ」

さらりと、リシェルは答える。そこに反省の色は微塵《みじん》もない。

更に肩をすくめて、彼女は続けた。

「しかし失敗したかな。精神操作属性と、積み上げた人気で私が生徒会長になってからでも遅くはなかったかもしれない。だが、『あの人』に勝てる気がしなくてね」

冷たく、アンネはリシェルを見つめる。彼女は何も言わない。頭を冷たい手で掻《か》き混ぜられるような錯覚を、レンは覚えた。それを振り払うように、彼は尋ねる。

「それともうひとつ。第二の殺人で貴女は正義を行使した。アレはどういうつもりなんだ」

「うん？　どういうつもりとは？」

「貴女自身が殺人を行いながらどういうつもりで……」

全く理解ができず、レンは問いかけた。

リシェルはアハハと笑う。明るく、朗らかに彼女は答えた。

「誤解があるな。私は何もしていないよ」

「……何？」

「直接手を汚したのは犯人達だ。私の手は未《いま》だ綺麗《きれい》なまま。その点、ギルバート君は下級生に明確な害をなしていた……ほら、私と彼のどっちが悪い？」

矛盾しているかな？　と、リシェルは首を傾げた。

矛盾どころの話ではない。レンは拳を握り締める。リシェルの無邪気で残酷な理論に、彼は吐き気を覚えた。だが、リシェルの笑顔は揺らがない。

そこで、レンの肩に手を置き、アンネは首を横に振った。

「やめておきたまえ、少年。健全な精神から大きく逸脱した禁書使いの理論は、君には到底理解できないよ」

「だけど、」

「そう、私達は理解し合う必要などない。アンネ・クロウ」

カツン、と靴音を立てて、リシェルは前に出た。

口元に歪《ゆが》んだ笑みを刷《は》いて、彼女は問いかける。

「君も、禁書が使える、そうだね？」

「……やはり、禁書の匂いに惹《ひ》かれて、私の招きに乗ったのか」

「禁書が使えるものでなければ、私の犯行には気づけない。ならば君にもわかるはずだ！　呪いの力を行使する悦楽が！　性行為にも勝る、圧倒的な快楽が！」

楽しそうに、リシェルは叫んだ。手を前に差し出し、彼女は熱狂的に語る。

「どうだい、アンネ。君さえよければ、私と秘密の狩りを続けようじゃないか！」

涎《よだれ》を垂らしながら、リシェルはアンネに訴えた。彼女の目には、アンネしか映っていない。その熱烈な呼びかけに、アンネは――、

「わからないよ」

静かに、首を横に振った。

まるで水面のように穏やかな目をして、彼女は語る。

「私は禁書を使うことに、嫌悪以外を覚えたことは一度もない」

レンはアンネの戦う姿を思い出した。禁書を自在に使いながら、彼女は嫌悪を覚えていたと言うのか。ぎゅっと服に隠した鍵を摑《つか》んで、アンネは言った。

「私は正義の味方なんだ」

「いいよ、それならば」

君はここで死ね。

リシェルが答える。
瞬間、『二人』は鍵を投げた。アンネの姿が変わる。
二本の鍵がそれぞれの胸を貫く。

「「開示」」

暴風が起こった。
鉄の匂いのする風が起こる。
そして、禁書が姿を見せた。

魔導書学園の
禁書少女

第十四章　狂乱、対決、禁書少女

アンネの隠し本棚には大量の禁書が並んでいる。一方、リシェルの方は一冊だった。代わりに犯人達に奪わせ、集めた本が多数詰められている。

アンネの本棚を見て、リシェルは顔を引き攣《つ》らせた。彼女は悲鳴じみた声をあげる。

「なんだそれは、なんだそれは！　そんなに禁書を大量に持っている者がいるものか！　私と同じ者の邂逅《かいこう》には邪魔だと駒は連れずにきたというのに！　なんなんだ、君は！」

「その覚悟はありがたく思いますがね、先輩。私は禁書を集める者。禁書少女」

壮絶に破れたような、豪奢《ごうしゃ》なドレス姿で、アンネは名乗る。一方で、リシェルはただの制服のままだ。己の胸に手を押し当て、アンネは続けた。

「貴女《あなた》と同じではないのですよ」

「………………くっ！」

リシェルは己の禁書を手にした。彼女はページを開く。

そして、リシェルは中の物語を読み上げた。

「『私はあなたの恋人である』」

呪いは、そうとは思えない一文から始まった。
そして長く、紡がれていく。
「『師である。
子である。
親である。
妹である。
弟である。
兄である。
姉である。
王である。
神である。
亡くした大切な人であり、
あなたの心臓そのものである。
その私が命じる。わたしが命じる。ワタシが命じる。
受け渡せ、全てを。
この絶対的な愛を前に。

愛は絶対である。

愛は呪いである。

逆らう術《すべ》はない』」

ぐらりと、レンは目の前が揺れるのを覚えた。がくりと、彼はその場に膝を突いた。

何故《なぜ》か、止めどもなく、涙が溢《あふ》れてくる。目の前に立っているのはレーリヤだ。いや、穏やかな笑みを浮かべた両親だった。そして小さな妹だ。彼らは自分に何かを望んでいる。

ああ、やはり、自分には両親がいたのだ。妹もいたのだ。確かに、いたのだ。

彼らは何かを求めている。訴えている。渇望している。

それならば、叶《かな》えなくてはならない。たとえ、自分の命に代えても成し遂げなくてはならない。絶対に。どうしても……そう、レンは心に決める。

だが、その時、鋭い一声が甘い誓いを割った。

「蜈ｨ縺ｦ繧呈拠邨ｶ縺吶k」

それは全てを拒絶する一言だ。

場を満たしていた蜜のような空気が霧散する。レンは頭を殴られたような衝撃を覚えた。

彼は愕然《がくぜん》とする。続けて、レンは何度も咳《せ》き込み、血を吐いた。必死に、彼は口元を拭う。

震える足を押さえて、レンは自力で立ち上がった。

「悪い……アンネ……油断した……アンネ？」

アンネは苦虫を噛《か》み潰《つぶ》したような顔をしていた。彼女は吐き捨てるように言う。

「……弱い」

「弱いって、何が？」

「ちゃんと音になっている。彼女の物語は禁書としては弱すぎるんだ！」

「それが問題なのか？」

強いよりいいはずだと、レンは問いかける。

だがアンネは首を横に振った。彼女は言う。

「禁書の持ち主同士の戦闘は、通常、互いの物語を相殺しながら削り合う。だが、彼女は弱すぎるんだ。これでは、私の強力な魔術を使えば間違いなく殺してしまう」

レンはアンネの禁書について思い返した。彼女の本は言葉になっていない。より、呪いとしての純度が高かった。リシェルを止めるのに禁書は使えない。ならばどうするべきか。

「しかし、私は禁書以外の魔術をほとんど持っていない」

「あっ」

レンはまぬけに口を開く。彼はアンネの言葉を反芻《はんすう》する。つまりは、だ。

「彼女を止める方法はないんだ」

圧倒的、強者が故に戦う術がない。

それが、アンネの置かれた状況だった。

＊＊＊

「『炎の魔術師は雨を望んだ。彼が自分を忌む故に。全ての都が水の下へ没するように。雷がその上を彩り、見る者の目を潰すことを』」

炎と雨、雷の複合属性の魔術が放たれる。

禁書だけではなく、リシェルは己の奪ってきた本達も使用した。

「蜈ｨ縺ｦ繧呈捩郤ｫ縺吶k」

瞬間、アンネは拒絶を叫ぶ。攻撃は霧散した。

何度も、このやりとりは繰り返されている。二人の攻防はあまりに速く、レンが間に入り、攻撃を複写、返すだけの余裕は見当たらなかった。今はただ、レンは傍観者に徹する。

まだ、両者共に疲弊は見られない。禁書を多数所持している以上、アンネは絶対的な力を持つ。だが、魔術師としての技量自体は、生徒会にも所属している、リシェルの方が遥《はる》かに上だった。このままでは、持久戦でこちらが負けかねない。

そう、判断したのだろう。アンネは別の行動に出た。

彼女は鍵を手にリシェルに迫る。近接戦闘を挑もうというのだ。驚いたことに、リシェルはそれに応えた。彼女も己の鍵を構える。その姿は、型にはまっており、美しかった。

キィンッと鋭い音が鳴る。

二人は切り結んだ。

激しい火花が散った。二人の一手、一手は、一度でも当たれば致命傷となるものだ。

それでも、アンネとリシェルは対等に斬撃を重ねていく。

驚くべきは、リシェルだった。二人の戦いから、レンは読み取る。確固たる実力を持つだけではない。彼女は実戦経験を重ねていた。リシェルの動きは、人を殺すためのものだ。

謳《うた》うように、彼女は言う。

「アハハハ、楽しいね！　楽しいね、アンネ！」

「くっ」

「君の禁書なら私を殺せるだろうに！　優しいなぁ。人間は殺さないのか！　複数の人間を殺してきた私を！　君に怪物と化した生徒を殺させた私を！」

「殺人を嫌がる人も、側《そば》にいるからね」

レンは息を呑《の》んだ。それが誰かくらい、彼にはわかる。つまり、アンネの行動の全ては自分のためなのか。ぐっと、レンは拳を握り締める。

そこで、リシェルは更に力を込めた。少しでも気を抜けば互いの首が落ちかねない。その極限の状況下で、リシェルは手を触れずに本を開いてみせた。彼女は物語の一節を叫ぶ。

「『氷は君の胸を貫く！』」

「ッ！」

拒絶属性を間近で使っては、リシェルは死亡する。

それを読んだうえで、彼女は動いたのだ。相手の殺害のためには、己の弱さすら利用する。卑怯《ひきょう》で、有効な一手だった。歪《いびつ》な笑みを、リシェルは浮かべる。

消すことができず、アンネは一撃を肩で受けた。アンネは後ろへ下がる。彼女はうずくまった。その肩の上には氷が広がりつつある。傷口を見つめて、レンは一度目を閉じた。

覚悟は瞬時に決まった。

レンは動いた。

「馬鹿か……少年」

「馬鹿で結構」

彼はアンネの前に立つ。

レンの姿をリシェルはつまらなそうに見つめた。彼女は路傍に倒れた、犬を見るような眼差《まなざ》しを浮かべる。だが、不意に、リシェルは表情を変えた。

「ああ、歴代最低得点のユグロ・レン！　その入学をおかしく思って調べたことがある。君はユグロ・レーリヤの『作品』だね！」

「……お前にまでバレてるのかよ」

苦く、レンは呟《つぶや》いた。知られたくない点が、広まりすぎている。

弾んだ声で、リシェルは言葉を続けた。

「更に、先程の私の禁書への涙を流す反応からして……君、過去にあらゆるものを失っているだろう？」

にやにやと笑いながら、リシェルは尋ねた。芝居がかった仕草で、彼女は手を前へ差し伸べる。寛大ともいえる口調で、リシェルは告げた。

「それならば私とおいで。ただの人間には興味がないが、レーリヤの『作品』ならば別だ。君が来るのならばアンネも来るだろう」

何故、彼女がそう確信を持ったのかはわからない。だが、リシェルはそう言い切った。

彼女は誘いを続ける。

「二人して、私の下で生きるんだ」

甘く、甘く、リシェルは囁《ささや》く。

「君に、失った家族の記憶というものも与えてあげるよ」

レンは目を細めた。

確かに、リシェルの禁書は、レンにもう記憶にないはずの家族のことを思い出させた。二度と取り戻せない姿を、彼は確かに見たのだ。だが——、

まずは一本、レンは指を立てた。

「第一に、俺は『作品』呼びは嫌いだ」

「ああ、そう。それは悪かったね」

「第二に、俺が失ったのはあらゆるもの、どころじゃない」

「なんだって」

「俺は」

レンは本棚を開示する。そこから、彼は一冊の本を手に取った。表紙は修繕されている。中に、物語は『書かれていない』。

「自分自身を失ったんだ」

甘い、甘い、誘惑者に、
レンは彼の真実の一端を告げた。

＊＊＊

「アンネ、禁書を開け。俺を貫いて、リシェルを撃つつもりで詠唱してくれ」

「馬鹿な……何を言ってるんだ、少年」

「大丈夫。多分、できる」

アンネの禁書の物語は文章になっていない。効果の増幅は不可能だ。ならば、複写の過程で何が起きるか。レンは考える。起こることを予測し、分析し、結論を出す。

恐らく、可能なはずだった。

レンには、あらかじめそのための機構が組み込まれている。

しばらく、アンネは考えた。だが、他に方法はないことに気づいたらしい。アンネは立ち上がった。絞り出すような声で、彼女は囁く。

「信じるよ、少年」

「こんな時くらい、名前を呼んでくれ」

あえて、レンは軽口を叩《たた》いた。

アンネは、笑ったようだった。

彼の背中に、彼女はとんっと額をつけた。噛《か》み締《し》めるように、アンネは囁く。

「君を信じよう、ユグロ・レン」

「ああ、任された！」

「ごちゃごちゃと何を……」

リシェルがまた別の本を開く。

その時だ。アンネは禁書を開いた。

呪いの言葉が溢《あふ》れ出す。

「縺薙ｌ縺ｯ蜻ｪ縺�ょ測縺�迚ｩ隱槭らｱ√、縺ゆ→縺溘∈騾√k迚ｩ隱槭よｸｩ縺九¥蟇ゆ
@縺上ょ�縺溘¥課斐·i縺九∧縲ょ�縺ｦ縺ｫ蟇ｾ縺励※縺ｺ蜻ｪ隧�險闖ｫ繧ょ、ｱ莠ｺ繧医ょ
ｭ蟬ｾ帙h縲らｱ√h縲ょ菅繧医ょ測繧上ｌ繧阪ゆ◎縺励※蜈ｨ縺ｦ縺梧愎縺｡繧�ﾟ繧薙�」

瞬時に、長い詠唱が紡がれた。

それを、レンは受けた。白紙のページに物語が紡がれていく。

レンの能力は、己のページに受けた物語を複写、改変する。だが、禁書は文章になって

いない。改変する余裕はなく、まず、白紙のページは物語を『翻訳する』。
つまり、禁書の呪われた言葉を普通の文章へ戻す。
効果は、弱くなる。
リシェルに向けて、彼はアンネの物語の正体を紡いだ。
「『これは呪い。
呪いの物語。
私があなたへ贈る物語。
温かく寂しく。
冷たく柔らかい。
全てに対しての呪詛《じゅそ》の言葉。
大人よ。
子供よ。
私よ。
君よ。
呪われろ。
そして全てが朽ちゆかん』」

リシェルの体に唐草状の影が巻きついた。それに触った肌が朽ち始める。だが効果は弱い。リシェルは肉の表面を削られ、ガクガクと足を震わせた。その場に崩れ落ちる。

「あっ……あっ……」

リシェルは呻《うめ》いた。

そこに、アンネが駆け寄る。

手に、鍵を持って。

＊＊＊

アンネはリシェルの本棚に飛びついた。彼女はリシェルの禁書を摑《つか》み、引き抜く。

見えない糸が伸びた。リシェルが血を吐く。アンネのドレスに紅がかかった。まともに動かない体を、リシェルは必死に動かした。泣きながら、彼女はアンネにしがみつく。

「やめて……やめて」

「アンネ！」

レンは思わず叫んだ。本は人間の魂と固く結びついている。無理矢理《むりやり》奪われた者は死亡する。だが、アンネは容赦なく本を引いた。糸が伸びる。更に、リシェルは血を吐いた。

　ぐちゃぐちゃに泣きながら、リシェルは訴える。

「死にたくない……死にたくないよ」

「大丈夫、死にはしないよ」

　そうして、アンネは断頭斧《おの》のように鍵を振り下ろした。

　本はリシェルから断たれた。

　彼女は床に倒れ伏す。レンは慌てて駆け寄った。だが、リシェルを抱き寄せ、レンは安《あん》堵《ど》の息を吐いた。彼女は生きている。リシェルの心臓は鼓動していた。

　呆然《ほうぜん》と、レンは呟いた。

「なん、で？」

「禁書は『世界を呪う』書物だ。彼らは所有者ではなく、より世界に属している。個人との結びつきは薄い。故に禁書の扱いを知る者であれば、殺さずに切り離すことができる。代わりに、元所有者は全ての記憶を失うけれどもね」

　つまり、今のリシェルには己の犯した罪の記憶もないのだ。

　それならばと、レンは問いかける。

「……リシェルの罪を裁くことは、できないのか？」

「禁書の所有の時点で彼女に待つのは利用される道か、処刑だけだった。それよりも、これが罰だ。そう思うしかない」

　そう言うアンネの前で、リシェルはすやすやと眠っている。まるで何も知らない赤子のようだ。その頭を撫《な》でて、アンネは立ち上がった。

　当然のように、彼女は禁書を己の本棚に追加する。

　本を入れた途端、暴風が巻き起こった。鉄錆《てつさび》臭い風と共に、黒い背表紙は棚の中に収まる。アンネはひとつ頷《うなず》いた。彼女はレンを振り向く。

「ところで少年。聞きたいことがあるのだけれども」

「なんだ？」

「『自分自身を失った』とはなんだい？」

　アンネの言葉に、レンは息を呑《の》んだ。

　彼の前で、アンネは自身の唇に指を添えて考える。

「ずっと気になっていたんだ。君が『作品』呼びを嫌がること。それに複写の力。更に自分自身を失った……とくる。単に、君はレーリヤの修繕を受けた子供だ。そう、私は考えていたのだけれどもね。どうやら、真実は異なるらしい」

　いったい、君は何者なんだ？

　問いかけに、レンは拳を握り締めた。その真実は今まで誰にも語ったことがない。だが、今は口にすべきだという気がした。アンネは禁書という秘密をレンに見せた。
これからも、この禁書少女と共にいるには隠すべきではない。
隠そうとすれば、きっとこの先はないだろう。
そして、レンは語り出した。

「俺は下手をすれば人間じゃない」

本当の意味で、ユグロ・レーリヤの『作品』なんだ。

＊＊＊

灰が。
灰が降る。
その災厄を、何故《なぜ》か少年は一人生き残った。
だが、少年は己の全てを『漂白』されていたのだ。
少年は魔術師だった。その物語とは人生であり、人間そのものだ。だが、彼の本は破壊され、中身を白紙とされた。そのままでは、少年は廃人化を免れないはずだった。

だが、ユグロ・レーリヤがそれを修繕したのだ。

彼女は前代未聞の方法を取った。

少年の本の中に、彼の人格を書き込んだのである。

それは物語詠唱には使えないが、少年の魂として起動する役割を果した。更に、レーリヤは複写能力の機能も一緒に書き込んだ。つまり、レンの発動させているものは、レーリヤが修繕の名の下に書き込んだ、詠唱をせずとも効果を発揮する魔術だ。


いわば、レンは存在自体が『物語』そのものだった。


「廃人化前の俺と今の俺の存在は確実に同じじゃない。書き込まれた『物語』でしかない俺は、人間とは本来、言えない。『空っぽの人形』にすぎないんだ。それが俺の秘密だよ」

「少年」

告白を聞いて、まっすぐにアンネはレンを見た。

そして、彼女は欠片《かけら》の嘘《うそ》偽りもなく続けた。

「君は、人間だよ」

＊＊＊

ユグロ・レンの目をまっすぐに見つめて、アンネは言った。
彼の前に、彼女は堂々と胸を張って佇《たたず》む。

その様はただ美しい。
たとえ、己と他者の血に塗れていても。
汚れた姿で、アンネは凛《りん》と続けた。

「君は自分の弱さを知っている。それでいて、人のために怪物にすら立ち向かう意志を持つ。人でなしの私のために、君はなんの利もなく動いてくれた。君は強くて、脆《もろ》くて、危うく、美しい。君は美しいよ、少年。君の持つその輝きは、人間の証明に他ならない」
アンネは手を前へと差し伸べた。白い指がレンの頬《ほお》についた血を拭う。彼の顔に、アンネは己の顔を寄せた。細められた紅《あか》い目が、レンのことを見つめる。

そして、アンネは優しく囁《ささや》いた。

「私にはいつか、君と出会わないほうがよかったと思う日が来るのかもしれないね」

何故、とレンは尋ねたかった。何故そう思うのかと。だが、レンの口にそっと触れてアンネは彼の言葉を封じた。まるで口づけをするかのようにレンの唇を撫でて、彼女は囁く。

「そんな日が来ないことを私は願っているよ」

そう、アンネは祈る代わりのように微笑《ほほえ》んだ。

もうすぐ、朝が来る。

アンネとレンの長い夜は、ついに終わりを告げたのだ。

エピローグ

「レン氏、確保ー！」

「はいはい、今日も元気だな、ベネ」

ある朝、『小鳩《こばと》』の教室に向かう廊下にて。

そう言い、レンはベネの頭をくしゃくしゃと撫でた。へへへー、と彼女は喉を鳴らす。

その隣にアマリリサが歩いてきた。相変わらず、ふたつ結びの金髪と翠《みどり》の目が美しい。

涼やかに、彼女は頭を下げる。

「おはようございます、レンさん」

「ああ、アマリリサ。体はもう大丈夫なのか？」

「はい……これも旦那様のおかげです」

「そういうの、もういいから」

三人が歩いていると、ディレイがやってきた。いつも通りに、彼は陰鬱な雰囲気を漂わせながらも飄々《ひょうひょう》としている。レンの姿を見て、ディレイは軽やかに片目をつむった。

「処刑ですな」

「朝から爽やかに何を言ってるんだ、お前は」

四人がそう騒いでいる時だ。

銀髪を揺らし、彼女が姿を見せた。

何事もなかったかのように、アンネはひょいっと手を挙げる。

「やあ、少年。おはよう」

「ん、おはよ」

パンッと、二人は手を打ち合わせた。

一瞬、アンネとレンは深く視線を交わす。

リシェルは全ての記憶を失った状態で、他の生徒会メンバーに中庭の広場で発見された。

彼女は保護されたが、今は学園にこのまま置いておくか否か、協議がなされているという。

禁書は一冊回収できた。だが、レンの仇《かたき》は見つかっていない。

『これからもよろしく、少年』

あの日、血塗《ちまみ》れの姿でアンネはそう言った。

微《かす》かに笑って、彼女は付け加えた。

『君は私にやっとできた唯一の味方なんだ』

結局、アンネがなんのために禁書を集めているかはわからないままだ。だが、それでも、レンにはいいと思えた。アンネは正義の味方側なのだから。これから先も、その戦いを支え続けるとレンは決めていた。

二人はしばし見つめ合う。

途端、ベネが声をあげた。

「なんか二人の距離が近くなってる気がするよー、許さないぞー！」

「なんですって！　それはよくありません、旦那様」

「断頭台ですな」

「お前ら」

レンの側は相変わらず騒がしい。

それをアンネは笑って見ている。

まるで自分の決して入れない、遠い何かを眺めるように。

彼らの物語を巡る日々は、そうして続いていくのだった。

あとがき

事のはじまりは、二年前のことになります。

絵師のみきさい先生が、「いつか作家さんと一緒に、作品を作りたい」（綾里《あやさと》の意訳です）という旨の呟《つぶや》きをしていらっしゃいました。

そちらを拝見し、綾里は思わずお声がけをさせていただきました。

その時は、（なにかネット上で、コラボでもできたらいいなー）という程度の軽い考えのつもりでおりました。ですが、気がつけば、こうして、一緒に本を出させていただくこととなりました。結果に、自分でもびっくりしております。

そしてここに至るまで一緒に歩んでくださり、最高の表紙もくださったみきさい先生には心よりお礼を申し上げます。本当にありがとうございました。アンネとても可愛《かわい》いです。

二人での企画を受け入れてくださった、スニーカー文庫のK様にも、深く感謝を申しあげます。色々とご苦労をおかけしました。

そして何よりも読者の皆様に最大級のお礼を申し上げます。

今作をお読みくださり、本当に、ありがとうございました。


禁書を巡る──『物語』を巡る、物語──お楽しみいただけたでしょうか？


レンやアンネ、ベネやアマリリサやディレイ達の学園生活が、皆様の日々に少しでも楽しさをお届けできたのであれば、これ以上なく幸せに思う次第です。

今作は、特に『物語』魔術の美しさと、全体的な楽しさに重点を置いて書いた作品です。そちらが少しでも伝われば、とても嬉《うれ》しいなと思います。

そして、物語はまだ始まったばかりです。

運がよければ、二冊目でもお会いできることを願っております。


それでは、今日はこの辺で。

再びの出会いを夢見て、失礼します。

綾里けいし

魔導書学園《まどうしょがくえん》の禁書少女《きんしょしょうじょ》
少年《しょうねん》、共《とも》に禁忌《きんき》を紡《つむ》ごうか

著　綾里《あやさと》けいし

角川スニーカー文庫　23132

2022年4月1日　初版発行

発行者　青柳昌行

発　行　株式会社KADOKAWA
〒102-8177 東京都千代田区富士見2-13-3
電話　0570-002-301（ナビダイヤル）

印刷所　株式会社暁印刷
製本所　本間製本株式会社

Printed in Japan　ISBN 978-4-04-112308-9　C0193

★ご意見、ご感想をお送りください★
〒102-8177 東京都千代田区富士見 2-13-3
株式会社KADOKAWA　角川スニーカー文庫編集部気付
「綾里けいし」先生
「みきさい」先生

角川文庫発刊に際して

角　川　源　義

第二次世界大戦の敗北は、軍事力の敗北であった以上に、私たちの若い文化力の敗退であった。私たちの文化が戦争に対して如何に無力であり、単なるあだ花に過ぎなかったかを、私たちは身を以て体験し痛感した。西洋近代文化の摂取にとって、明治以後八十年の歳月は決して短かすぎたとは言えない。にもかかわらず、近代文化の伝統を確立し、自由な批判と柔軟な良識に富む文化層として自らを形成することに私たちは失敗して来た。そしてこれは、各層への文化の普及滲透を任務とする出版人の責任でもあった。

一九四五年以来、私たちは再び振出しに戻り、第一歩から踏み出すことを余儀なくされた。これは大きな不幸ではあるが、反面、これまでの混沌・未熟・歪曲の中にあった我が国の文化に秩序と確たる基礎を齎らすためには絶好の機会でもある。角川書店は、このような祖国の文化的危機にあたり、微力をも顧みず再建の礎石たるべき抱負と決意とをもって出発したが、ここに創立以来の念願を果すべく角川文庫を発刊する。これまで刊行されたあらゆる全集叢書文庫類の長所と短所とを検討し、古今東西の不朽の典籍を、良心的編集のもとに、廉価に、そして書架にふさわしい美本として、多くのひとびとに提供しようとする。しかし私たちは徒らに百科全書的な知識のジレッタントを作ることを目的とせず、あくまで祖国の文化に秩序と再建への道を示し、この文庫を角川書店の栄ある事業として、今後永久に継続発展せしめ、学芸と教養との殿堂として大成せんことを期したい。多くの読書子の愛情ある忠言と支持とによって、この希望と抱負とを完遂せしめられんことを願う。

一九四九年五月三日

悪逆大戦
伝説上の名だたる悪人を
「駒」として従え
王位継承戦を勝ち抜く
ダークファンタジー
綾里けいし
Keishi Ayasato
イラスト――ろるあ
Illust/Rolua
MF 文庫 J より発売中

世界最高の
暗殺者、異世界貴族に転生する
The world's best assassin,
To reincarnate in a different world aristocrat
月夜 涙
画 れい亜
“伝説の暗殺者”、異世界で無双
最強×無敵の
アサシンズ・ファンタジー――!
特設
サイトは
▼コチラ!▼
世界一の暗殺者が、暗殺貴族の長男に転生した。現代であらゆる暗殺を可能にした知識と経験、そして暗殺者一族の秘術と魔法。その全てが相乗効果をうみ、彼は史上並び立つ者がいない暗殺者へと成長していく!!

真の仲間じゃないと
勇者のパーティーを
追い出されたので、
辺境で
スローライフ
することに
しました
Banished from the brave man's group, I decided to lead a slow life in the back country.
ざっぽん
illust.やすも
お姫様との幸せいっぱいな
辺境スローライフが開幕!!
WEB発超大型話題作、遂に文庫化!
コンテンツ
盛り沢山の
特設サイトは
コチラ!
シリーズ好評発売中!
スニーカー文庫

入栖
—Author
Iris
神奈月昇
—Illust
Noboru Kannatuki
マジカル☆エクスプローラー
—Title
Magical Explorer
エロゲの友人キャラに転生したけど、ゲーム知識使って自由に生きる
Reincarnated as a Eroge Hero's Friend,
I'll live freely with my Eroge knowledge.
マジエク 攻略 ルート
知識チートで
二度目の人生を
完全攻略！
特設ページは
▼コチラ！▼
スニーカー文庫

落第賢者の学院無双
～二度転生した最強賢者、400年後の世界を魔剣で無双～
白石 新
Illustration
魚デニム
絶望から400年――
世界は最強賢者に跪く！
シリーズ好評発売中！
スニーカー文庫

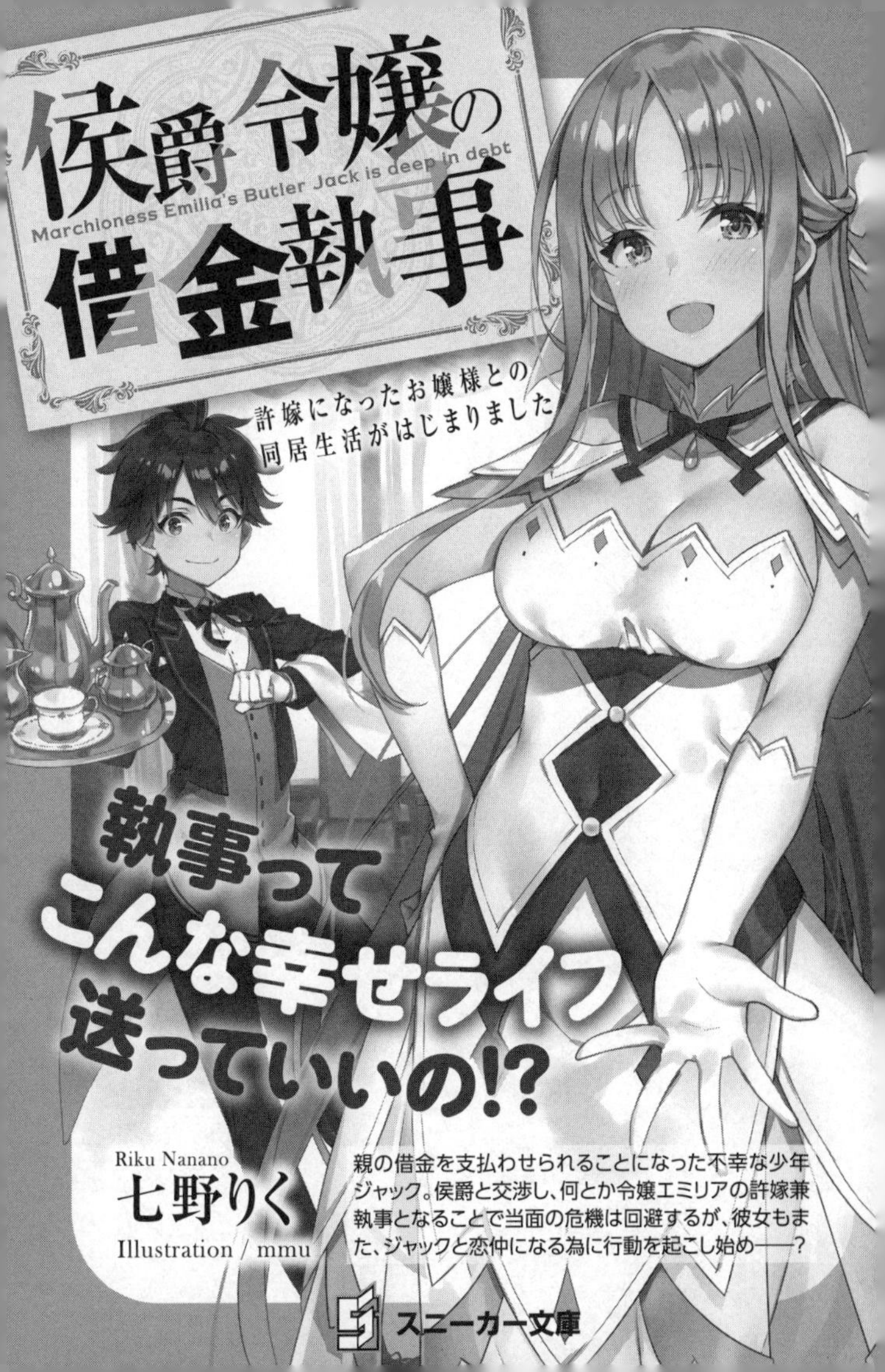
侯爵令嬢の借金執事
Marchioness Emilia's Butler Jack is deep in debt
許嫁になったお嬢様との
同居生活がはじまりました
執事ってこんな幸せライフ送っていいの!?
Riku Nanano
七野りく
Illustration / mmu
親の借金を支払わせられることになった不幸な少年ジャック。侯爵と交渉し、何とか令嬢エミリアの許嫁兼執事となることで当面の危機は回避するが、彼女もまた、ジャックと恋仲になる為に行動を起こし始め——？
スニーカー文庫

時々ボソッと
ロシア語でデレる
隣のアーリャさん
Милашка❤
燦々SUN
イラストももこ
story by sun sun sun
illustration by momoco
ただし、彼女は俺が
ロシア語わかる
ことを知らない。
特設サイトはこちら!
スニーカー文庫

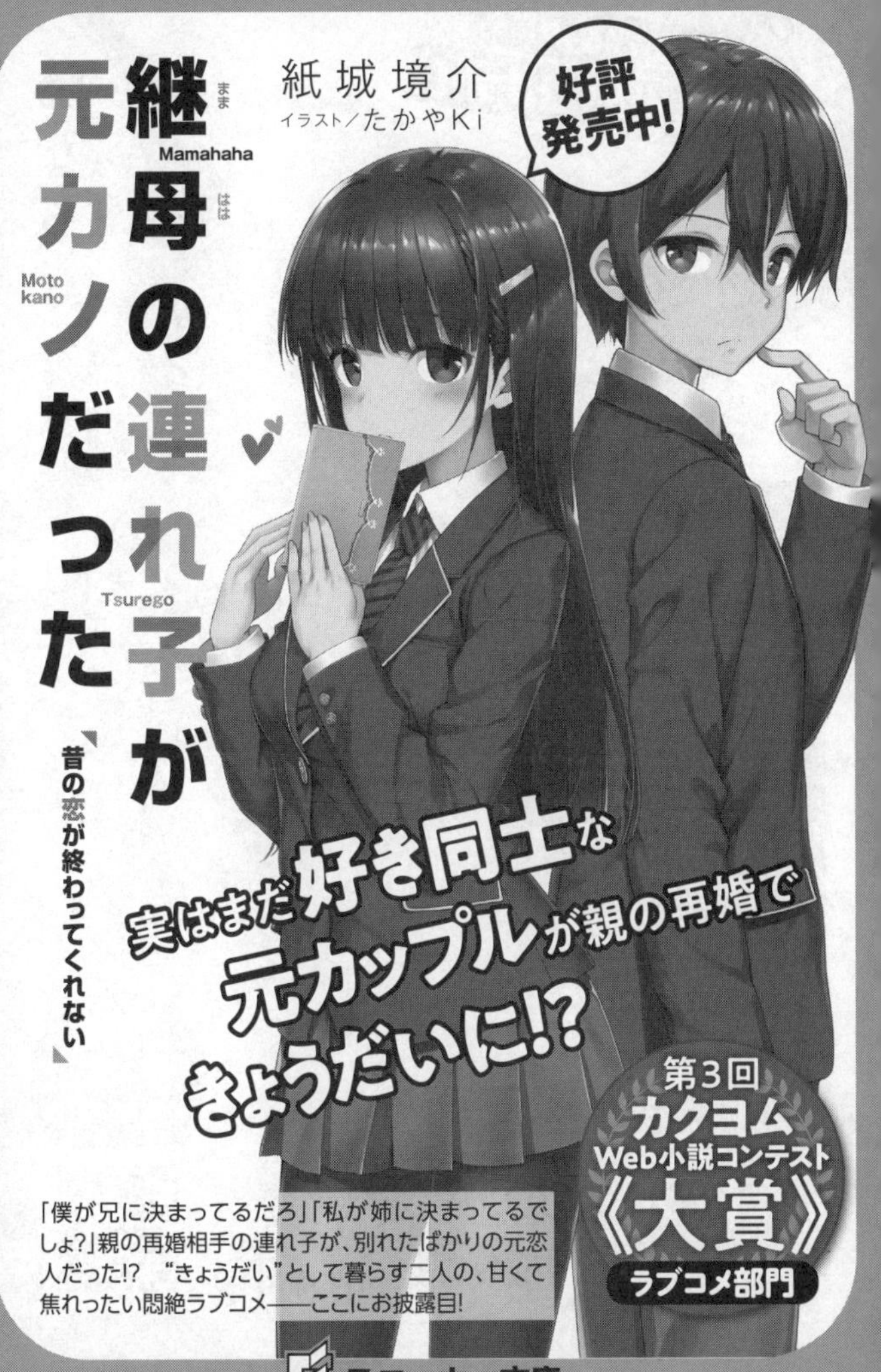
継《まま》母《はは》の連れ子が元カノだった
Mamahaha
Tsurego
Moto kano
「昔の恋が終わってくれない」
紙城境介
イラスト／たかやKi
好評発売中!
実はまだ好き同士な元カップルが親の再婚できょうだいに!?
第3回カクヨムWeb小説コンテスト《大賞》
ラブコメ部門
「僕が兄に決まってるだろ」「私が姉に決まってるでしょ?」親の再婚相手の連れ子が、別れたばかりの元恋人だった!? “きょうだい”として暮らす二人の、甘くて焦れったい悶絶ラブコメ——ここにお披露目!
スニーカー文庫

このすば
暁なつめが描く、
もう一つの異世界コメディ！
暁なつめ
NATSUME AKATSUKI
ILLUSTRATION
カカオ・ランタン
KAKAO LANTHANUM
戦闘員、派遣します！
COMBATANTS WILL BE DISPATCHED!
特設サイトはコチラ！
シリーズ好評発売中！
全世界の命運は——
悪の組織に託された!?
スニーカー文庫

もう一度、
ロードス島へ
30周年
記念特設
サイトは
▼こちら▼
ロードス島戦記
RECORD OF LODOSS WAR
誓約の宝冠
著 水野良
イラスト 左
日本ファンタジーの金字塔、待望の再始動!
スニーカー文庫